AN CHÉAD CHLOCH

PÁDRAIC Ó CONAIRE

PÁDRAIGÍN RIGGS A CHUIR IN EAGAR
FRANCES BOLAND A RINNE AN LÍNÍOCHT

MERCIER PRESS

MERCIER PRESS
Douglas Village, Cork
www.mercierpress.ie

Trade enquiries to Columba Mercier Distribution,
55a Spruce Avenue, Stillorgan Industrial Park, Blackrock, Dublin

First published in 1914
First published by Mercier Press in 1978

ISBN: 978-1-85635-283-3

Is le cabhair deontais chun tograí Gaeilge a d'íoc an tÚdarás
um Ard-Oideachas trí Choláiste na hOllscoile i gCorcaigh a
cuireadh athchló ar an leabhar seo.

Mercier Press receives financial assistance from
the Arts Council / An Chomhairle Ealaíon

Cover Design by Penhouse Design.
Printed in Ireland by ColourBooks Ltd, Baldoyle Industrial Estate, Dublin 13.

CLÁR

RÉAMHRÁ

Foilsíodh na scéalta sa chnuasach seo in *An Claidheamh
Soluis* don chéad uair idir 1909 agus 1912, agus foilsíodh iad
i bhfoirm leabhair sa bhliain 1914. Bhí Ó Conaire ina chónaí i
Londain ag an am. Ocht scéal atá ann ar fad. Baineann ceithre
scéal le pearsana ón Tiomna Nua: Lazarus, Ioruaith Antipas
(Herod), an bhean a rinne adhaltranas agus an saighdiúir a
thug deoch bhinéagair do Íosa agus é ar an gcrois. Baineann
na scéalta eile le pearsana ón 'Seanleabhar Síneach'. (Ní heol
dúinn aon ní mar gheall ar an leabhar sin – ní raibh sa teideal
ach ceapadóireacht, de réir dealraimh.)

Tá blas an Domhain Thoir ar na scéalta seo go léir – ar
na logainmneacha, ar ainmneacha na ndaoine, ar na plandaí,
ar na hainmhithe agus ar an tírdhreach – ach níl aon chruin-
neas stairiúil ná aon chruinneas ó thaobh na geografe ag baint
leis an domhan san; iontas agus doiléire is mó a samhlaítear
leis. Áit shamhaltach, áit shiombalach is ea an domhan san
– cosúil leis 'An Tír a mbíonn sé ina shamhradh i gcónaí ann',
a dtagraíonn Ó Conaire di ina chuid aistí:

Tá tú ag fiafraí dhíom cén t-ainm atá ar an tír álainn draíochta
seo; bíonn ainm faoi leith ag gach duine ar an áit! Tá cuid de
na daoine agus tugann siad 'An Tír Álainn' air; cuid eile agus
sé an t-ainm atá acu air ná 'An Saol ar mo Chomhairle Féin';
cuid eile fós, agus tugann siad 'Mian mo Chroí' air;

5

Is é sin, is ionann an áit idéalach sin agus aoibhneas, staid ina mbíonn an carachtar saor ó bhuairt agus ó chrá.

Sna scéalta seo, tá codarsnacht idir áit idéalach, áit a samhlaítear leis an óige nó le tréimhse éigin atá thart, agus an áit ina bhfuil an carachtar anois. Tá 'críoch álainn' na nAibitíneach, agus í faoi bhláth, i gcodarsnacht le 'mórfhásach na Taoi-Sung inniu' ('Aba-Cana-Lú'); caitheann muintir Chann-Aman fásach uafásach a thrasnú sula sroiseann siad 'ríbhrú uasal bán' Lú-Cúsa ('Cleamhnas san Oirthear'); cuimhníonn Bam-Anna ar chríoch álainn na nAibitíneach, agus é ar deoraíocht ar an 'oileán uaigneach' ('Díoltas na mBan'); is é an dúil atá ag an gceardaí san 'doire coille a bhí cóngarach do choiléar marmair bháin ar bhruach shruthláin chrónánaigh' a thugann air na 'cathracha móra agus na tithe uaisle' a thréigean ('Ná Lig Sinn i gCathú'); samhlaíonn an scoláire óg 'sonas agus séan... aoibhneas agus aiteas' i dteannta bhean an chriadóra i gCríoch na nGréagach ('An Chéad Chloch'); cuimhníonn Lazarus ar an áit a raibh sé in éineacht lena 'bheirt deirfiúr aonraic' sular cailleadh é agus sular bhain sé cáil amach de bharr a aiséirí ('An Coimhthíoch a raibh Aghaidh an Bháis air'); mheall Salomé an Teatrarc lena caint ar Ghairdín an tSuaimhnis ('Teatrarc na Gaililí') ach ní hann ach i 'bpóithrín beag brocach ... sa bhfásach' a bhí sé ag deireadh an scéil. Is í an chodarsnacht idir an áit idéalach agus an áit ina bhfuil an carachtar sa deireadh bun agus barr an scéil i ngach cás.

Tá cruth an scéil iontais ar na scéalta seo; baineann siad le heachtraí a tharla fadó, in áit éigin i bhfad i gcéin. An domhan a chuirtear os ár gcomhair anso, áfach, is domhan inmheánach é agus is le dráma inmheánach a bhaineann na scéalta. Bhí Pádraic Ó Conaire i bhfad chun cinn ar na scríbhneoirí eile a bhí ag saothrú sa Ghaeilge lena linn – agus go ceann i bhfad ina dhiaidh. I ndáiríre, ní raibh aon oidhre air go dtí gur tháinig Máirtín Ó Cadhain ar an bhfód. Ní ag tagairt do shaothar Uí Chonaire a bhí an Cadhnach nuair adúirt sé na focail seo:

An rud is tábhachtaí anois sa litríocht ar fad, an intinn a léiriú, páirt den duine nach féidir an *camera* a dhíriú uirthi.... Ní hé an rud atá ar chraiceann an duine a bhfuil an tábhacht ann, ná fiú an craiceann féin, ach an rud a bhfuil sé ag siúl timpeall leis istigh ina cheann.

(*Páipéir Bhána agus Páipéir Bhreaca*, 1969)

Is cur síos cruinn ar a raibh ar siúl ag údar *An Chéad Chloch* na focail sin, áfach.

Pádraigín Riggs,
Nollaig 2006.

AN CHÉAD CHLOCH

Bhí cáil mhór ar Alastar Ciotach i scoileanna na hAithne sul má bhí sé deich mbliana fichead d'aois. Bhí barúil ag a lán d'oidí agus de lucht múinte go sáródh sé na fir ba mhó clú le fealsúnacht dá raibh i gcríocha na nGréagach faoin am sin; agus mhol siad dó turas a thabhairt ar thíortha an Oirthir le heolas a fháil ar fhealsúnacht aimhréiteach na réigiún úd. Thug sé an turas, ach níor fhill ariamh ar Chathair na hAithne. Más longbhriseadh a tharla dó ar bhrollach na mara fíochmhaire, nó más é an talamh a shlog é, ní heol dúinne é, arsa seanúdar éigin. Ar chaoi ar bith níl tuairisc dá laghad le fáil air in annála a thíre ó d'fhág sé a chathair dhúchais.

Ba mhór an caillteanas d'ealaín na fealsúnachta an scoláire óg sin a imeacht as a thír dhúchais, ach ba mhór an sochar d'ealaín na filíochta é. Go dtí le fíorghairid, níor ceapadh go raibh aon bhaint ag an bhfile maith a cheap "A bhean ar bhruach an fhuaráin' agus a bhíodh ag taisteal na gcríocha deoranta atá ar imeall thoir na Mara Móire leis an bhfealsúnaí óg a thug an turas ar chomhairle lucht a mhúinte. Ach bhí. Ba é an fear ceannan céanna é; an chaoi ar thréig sé ealaín na fealsúnachta ar an bhfilíocht — sin é ábhar mo scéilse.

Lá buí brothallach dó ar an machaire leathan garbh clochach atá thiar ó dheas ó bhaile Hebrón i gcríoch Iúdéa, tharla ar thobar breá fíoruisce é san áit a dtugtar Beerseba air inniu. Ó bhí bealach trom fada aimhréidh siúlta aige, bhí a theanga calctha leis an tart agus d'éirigh a chroí nuair a chonaic sé an t-uisce geal aoibhinn ag éirí aníos as an gcloch aoil. D'ól sé a sheandeoch de, agus luigh sé ar chnámh a dhroma faoi chrann fíge a bhí ag fás le hais an tobair. Ní raibh a fhios aige cén t-achar a chaith sé ar a shuaimhneas ag déanamh a smaointe faoin gcrann, nuair a chuala sé glórtha binne ban chuige ar an ngaoth. D'éist sé go haireach. Chonacthas dó nár chuala sé ariamh glór ba bhreátha ná glór aon mhná díobh. Bhí scata mór acu ann, agus iad ag líonadh a gcuid árthach ag an bhfuarán, agus ag gabháil fhoinn dóibh féin san am céanna. Ba bhreá leis glór mná díobh, ach ba bhreátha leis an bhean féin, an bhean bheag mhear sin a bhí ina seasamh ar chloch ar bhruach an tobair. Bhí fonn mór air dul ina haircis; bhí dúil mhór ann labhairt léi, ach céard a d'fhéadfadh sé a rá? Bhí eolas aige faoin am seo ar nósanna na tíre agus cleachtadh aige ar an teanga; thosaigh sé ag canadh na n-amhrán mar chách. Chuir na mná cosc leo féin agus lig siad don fhear coimhthíoch amhrán eile a ghabháil leis féin.

'Nach fearr an t-amhrán é sin', ar sé leis an mbean inar chuir sé an tsuim mhór, 'ná an ceann a bhí agaibhse'?

Bhí cúthail uirthi labhairt leis an bhfear óg a bhí á hiniúchadh. Dhearg sí beagán agus dhearg seisean; d'imeodh sé ar an nóiméad sin, mar bhí sé féin roinnt cúthail, marach gur sciorr ceann den dá mhála uisce a bhí ar dhroim a hasail. Réitigh seisean é agus dúirt: 'An fada as seo é go baile Hebrón? Níl aon eolas agam san áit seo'.

'Is ann atá cónaí orainne, a dhuine chóir', arsa an bhean go múinte; 'beidh mise agus mo chuid ban aimsire ag dul faoi dhéin na háite sin i gceann leathuaire'.

Líonadh na málaí leathair le huisce; cuireadh ar dhromanna na n-asal beag dubh iad, agus ghluais leo ó dheas faoi dhéin an bhaile.

Ar Iarúsailéim a bhí triall ar fhir óig, agus bhí ceapadh aige go sroichfeadh sé an chathair gheal ghrianach sin roimh luí na gréine. Ach ní dheachaigh sé thar Hebrón an oíche sin.

I leabhar lae a d'fhág sé ina dhiaidh, tá na focail seo a leanas le fáil:

'An deifir an tslí a cheap na deamhain le cuid de shuaimhneas an tsaoil a bhaint den chine daonna'.

A fhealsúnai! Nach tráthúil a chuimhnigh tú air!

*   *   *

Taobh thall den tslí ó theach criadóra an bhaile a chuir an scoláire óg faoi, agus ní raibh sé thar leathuair ina bhruíon go bhfaca sé an bhean a casadh leis ag an tobar ag doras tí an chriadóra. Chuir sé a tuairisc. Dúradh leis go mba í bean an chriadóra í; agus tháinig cineál aitis ar a chroí nuair a tugadh seanchneamhaire crosach cantalach ar an gcriadóir féin. Tháinig gliondar air nuair a chuala sé go mba as tír Ghréagach an bhean; gur pósadh in aghaidh a tola í; go mbíodh sé ina dhearg-ár idir í féin agus an criadóir mar gheall ar na hamhráin mholta a bhítí ag déanamh ar a son.

'Mórsheisear a cheap í a mhealladh le bladar cainte agus le hamhráin baoise', arsa bean an tí leis, 'ach tá ciall na seacht sua dall i gceann aoibhinn álainn na mná sin. Ach a fear . . .'

Nuair a thug an scoláire óg an leaba air féin an oíche sin níor fhéad sé codladh ach ag cuimhneamh ar an mbean sin a casadh leis ag an bhfuarán. Bhí a dhá súil sáite ann, cheap sé; nuair a shilfeadh sé a dhá shúil féin a dhúnadh ba dhóigh leis go mbíodh sí ag druidim leis, ag druidim leis . . . thit néal beag air, ach ní raibh ann ach néal. Nuair nár éirigh leis aon chodladh fónta a dhéanamh, thosaigh sé ag cumadh amhráin agus á scríobh ina leabhar de réir mar a bhí sé á chumadh.

'A bhean ar bhruach an fhuaráin' a tugtar ar an amhrán sin sna seanduanairí.

Murar mhol an file go hiomarcach í ina amhrán, mar is gnáthach lena leithéidí, ní hionadh é go mba leasc leis an bhfealsúnai óg an chathair aoibhinn ársa ina raibh an tseoid uasal seo a thréigean ar an bhfealsúnacht féin.

Agus níor thréig. Nár cháin sé an deifir agus nár mhol sé an mhoill cheana? Chuir sé faoi sa chathair, agus ó bhíodh sé in éadan a chuid leabhar, nó ag scríobh ar phár de ghréas níor cuireadh ceist ar an gcoimhthíoch óg. Níor chuir sé féin caint ar aon duine ach oiread. Duine a chasfaí leis ar an mbóthar mór nó sa bhfásach atá siar ón gcathair, ní dhéanfadh sé ach beannú dó de réir nósanna na tíre. Is minic a d'fheicfí é ag a fhuinneog agus leabhar ina ghlac aige; ach is beag an ceapadh a bhíodh ag an té a d'fheicfeadh go smaointeach ansin é go mba mhó go mór an tsuim a bhí aige i mbean an chriadóra ná sa leabhar.

Ón gcéad lá a casadh san áit é níor éirigh leis labhairt léi, ach chonaic sé uaidh í go minic, agus chuala sé cuid mhaith ina taobh ó mhuintir an tí inar chuir sé faoi. Labhairt léi, insint di cén gean mór a bhí aige di, breith ar láimh uirthi agus imeacht leis, sin é an t-aon smaoineamh a bhí ina cheann faoin am seo.

Ba ghearr go bhfuair sé an fhaill.

Buaileadh doras an tí go trom agus go tobann oíche. Cé bheadh ann ach an bhean. A gruaig scaoilte léi, í cosnocht, sceoin ina dhá súil agus gan ina timpeall ach brat oíche.

D'oscail muintir an tí an doras di. A fear a bhí tar éis í a leadradh go neamhthrócaireach. Bhí sé ar a tí. Bhí eagla a hanama uirthi. An dtabharfaidís lóistín oíche di? Thabharfadh gan amhras, ach ar an nóiméad sin chualathas glórtha fear ag doras an tí. An criadóir agus a chuid fear a bhí ann agus ba ghearr an mhoill orthu an doras a réabadh agus an bhean fhaiteach a bhreith leo abhaile.

Nach ag an scoláire óg a bhí an trua di! Nach é a cheap í a bhreith leis abhaile go tír na Gréige, áit a mbeadh sonas agus séan uirthi agus gach ní ar a mian!

An oíche sin chum sé amhrán eile. 'An tseoid i measc na muc' a tugtar ar an amhrán sin.

* * *

Choinnigh an criadóir greim mhaith chrua ar a bhean tar éis na hoíche seo. Bhí se in amhras uirthi. Bhí sé in amhras ar an scoláire óg mar an gcéanna. Cárbh fhios dó nach raibh seisean ar an dream úd ar ar tugadh Críostaithe, agus nach maith a bhí fhios aige cé na gníomhartha náireacha a bhíodh á gcleachtadh acu siúd de shiúl oíche i gcuasa talún, agus i gcreaga sléibhe, nó i sráideanna iargúlta i gcathair Hebrón féin! Na páistí a rug siad leo le híobairt a dhéanamh díobh ar a gcuid altóirí! Na mná a mheall siad leo amach faoi na sléibhte! Ba ghráin leis an gcriadóir lucht leanúna Chríost, agus ó bhí fuath agus dearg-ghráin ar an scoláire ba dhóigh leis go mba dhuine díobh eisean. Ach ní ligfeadh seisean a bhean leo. Chuirfeadh seisean smacht uirthi. An spriosán beag fionn (mar a thug sé ar an scoláire) in ann a bhean a bhladar! Ach chaithfeadh sé a bheith ar a aire ar na Críostaithe: bhí draíocht éigin acu siúd agus nach duine acu siúd an fear óg. Má bhí ciall na seacht sua dall ina ceann féin níor mhór dó a bheith cúramach.

Faoi dhó sa ráithe bhíodh ar an gcriadóir turas a thabhairt ar chathair Iarúsailéim lena chuid árthach cré a dhíol. Ar na hócáidí seo chasfaí an bhean agus an scoláire óg ar a chéile taobh amuigh den chathair. Ba ghnáthach leo coinne a dhéanamh le chéile, ach casadh an bhean leis lá agus gan aon tsúil aige léi.

Faoi chrann fíniúna a bhí sé ina luí nuair a chuala sé ag teacht í agus an t-amhrán úd a chum sé, "A bhean ar bhruach an fhuaráin', á ghabháil aice.

Gheit siad beirt. Bheannaigh siad dá chéile go dílis dúthrachtach grámhar. Agus ansin, faoi bhun an chrainn fhíniúna taobh amuigh de gheata mór na cathrach, d'inis sí cé mar a mhaslaigh a fear í gach lá ó casadh le chéile cheana iad.

'Ní rófhada eile a bheidh sé ina chumas sin a dhéanamh', arsa an scoláire óg agus cuthach ina ghlór. Fág a theach i do dhiaidh agus gluais liomsa ó thuaidh faoi dhéin chríoch na nGréagach, áit a mbeidh sonas agus séan orainn, aoibhneas agus aiteas . . . tá an saol mór . . . má tá iníon féin agat . . .'

An oíche sin d'fhág fear agus bean an chathair ársa aoibhinn ar a dtugtar Hebrón, agus ní fhacthas ann níos mó iad, cé gur chuartaigh an criadóir gach poll agus póirse dá raibh i bhfogas fiche míle dá bhaile.

*   *   *

D'imigh deich mbliana. Comóradh feis agus ardoireachtas Iúdach i gcathair Iarúsailéim. Bhí triall na mílte ar an gcathair sin le trí lá agus trí oíche. Bhí ceannaithe ann ón Oirthear lena gcuid cámhall; Rómhánaigh uaibhreacha; Gréagaigh ghlice chliste; Sirínigh; Filistínigh; geocaigh; ceoltóirí; taobh amuigh de phríomhgheata na cathrach bhí beirt cheoltóirí agus cosúlacht go raibh achrann ar siúl eatarthu. Bheadh ar dhuine breathnú go géar ar an mbeirt nó ní aithneodh sé ár mbeirt chairde, an scoláire óg agus bean an chriadóra. Bhí cuma agus cruth an donais orthu. Ba léir do dhuine ó na seanghiobail a bhí ina dtimpeall go raibh siad tar éis aistear fada anróiteach a chur díobh.

Bhí seisean ag cur de go feargach:

'Nach ait an chaoi orainn anois é! Aistear seachtaine inár ndiaidh agus gan ach cúig 'assarion' againn sa saol! Cá bhfaighimid béile? Cá bhfaighimid éadach nó slí lenár gcolna a ní? Sea, beir ar an 'gcinnór' sin agus tabhair port do na daoine atá ag gabháil na slí . . . Ní féidir leat é a dhéanamh, an ea? An féidir leat aon cheo a dhéanamh? Amhrán a chanadh dóibh, an ea? Ar buile atáir, a bhean; An mian leat go ruaigfí as an gcathair sinn? . . . Cén mearbhall a bhí orm gur cheap mé go raibh glór aoibhinn agat tráth? . . . agus na hamhráin a rinne mé do do mholadh! Na hamhráin a rinneadh duit sular casadh liomsa ar chor ar bith tú! Ná habairtear liom feasta go bhfuil ciall ag na fir . . .'

Rug an bhean ar an 'gcinnór' (cineál cruite) a bhí lena hais, agus bhain ceol beag as lena méara.

'Caith uait é sin, adeirim. An mian leat mé a chur ar

14

buile? Ag caoineadh arís! Monuar an chéad lá a casadh liom tú! . . . Ach cén tubaist a bhí ort gur thug tú anseo mé?'

Bhíos ag ceapadh . . .'

'Bhí i do thost', ar seisean. 'Táim bodhar agat. Ní bhíonn agam uait ach caint, caint, caint de ló ná d'oíche! Tú ag áiteamh orm le seacht mbliana teacht anseo go dtí an tir ghann ghortach seo, agus níl de rath ort aon cheo a dhéanamh ach do shúile a thabhairt! Nach agam a bheadh an saol suaimhneach marach tú! . . .'

Ní shílfeá go mba é an fear óg a bhíodh ag ceapadh amhrán molta di a bhí ag caint. Ach b'e. An saol a d'athraigh é. Marach go raibh baint aige féin leis an scéal, bheadh sé ina chumas nochtadh do dhuine go cruinn beacht cén chaoi ar athraíodh é. Chuirfeadh sé síos gach ponc de réir a chéile mar seo:

an óige;
suim sa bhean;
tuilleadh suime inti;
gráin ar a fear;
an smacht a chuir sé uirthi;

Céard a d'fhéadfadh fear óg a dhéanamh, dá mba fhealsúnaí féin é, ach an bhean a tharrtháil? Agus an raibh aon dóigh eile ann lena dhéanamh ach í a bhreith leis chun a thíre féin?

Ansin:
fuath a gcairde;
comhrac leo;
imeacht óna thír féin;
bochtanas i dtír eile;
an bhean ag dul in aois;
an fuinneamh ag éaló uathu beirt;
cantal;
neamh-aire;
fuath;
beirt bhocht ar fán agus fuath acu dá chéile!

*   *   *

Bhí caise cainte ag teacht ó bhéal an fhealsúnaí, ach ba bheag an aird a bhí ag an mbean a bhí taobh leis ar a chuid cainte. Ag súil le duine éigin a bhí sí, agus a súile sa tslí mhór, agus sa phlás leathan atá taobh amuigh de gheata Iarúsailéim. Ag súil lena fear a bhí sí, ag súil leis an gcriadóir; ach ní le grá dó. An iníon a d'fhág sí ina diaidh ina theach a bhí ag déanamh buartha di le seacht mbliana. Dá bhféadfadh sí uair a chaitheamh léi bhéarfadh sí uaithi a raibh aici sa saol ...

Chuaigh fear thart; ocht n-asal á dtiomáint aige agus iad luchtaithe le soithí cré. B'é an criadóir a bhí ann. Ghlaoigh a bhean air. D'iarr cead air a hiníon a fheiceáil.

'Tá cead agat filleadh ar mo theachsa', ar seisean, 'ach má fhilleann, ní fhágfaidh tú arís é le do bheo'.

Bhí sé in amhras ar na Críostaithe go fóill: Cárbh fhios dó cén diabhlaíocht a d'imreoidis ar a iníon?

D'impigh a bhean air an cead a thabhairt di gan choinníoll. Ní thabharfadh. Croí cloiche a bhí ann.

'An bhfuil tú sásta filleadh ar an gcoinníoll sin?' ar seisean.

'Nílim', ar sise.

Ba bhinn leis an bhfealsúnaí an focal sin a chloisteáil, mar bhí gráin aige ar an bhfear eile. Ach séard ba mhian leis an mbean a bheith neamhspleách ar an mbeirt.

'Ní fhillfidh mé', ar sí leis an gcriadóir, 'agus ní fhanfaidh mé leatsa ach oiread', ar sí leis an bhfealsúnaí, 'ón lá seo amach ní bhacfaidh mé le haon fhear dá fheabhas é. Seanbhean anois mé mórán; táim críonna caite le hanró an tsaoil. Ach bhíos go hálainn tráth. Rinne fir cuimse amhrán do mo mholadh ... Fágfaidh mé slán agaibh beirt anois, agus gluaisfidh mé liom timpeall na tíre ag canadh na n-amhrán breá a rinneadh dom agus mé óg ... mo mhallacht ar na fir ...'

Bhí iontas ar an mbeirt fhear. A leithéid de chaint níor chuala siad riamh ó bhean.

'A bhean ar bhruach an fhuaráin', ar sise, agus ghabh an t-amhrán go breá bríomhar dánta.

*   *   *

Bhí Chríost i nIarúsailéim an lá seo ag labhairt leis an slua ag doras an teampaill. Bhí a fhios ag an gcriadóir sin. Tháinig gliondar air, mar cheap sé go raibh faill aige é a chur i dteannta.

'Má fhanann tú ansin go ceann uaire', ar sé leis an mbean, 'rachaidh mé isteach sa chathair, agus glacfaidh mé comhairle le duine de shagairt an teampaill. Ní bheidh mé thar an uair'.

D'imigh sé. Casadh dream Fairistíneach agus scríobaithe leis; agus is é an chomhairle a cheap siad, dul ar ais chuig geata na cathrach agus breith ar an mbean, agus í a thabhairt i láthair Chríost, agus cúis a chur uirthi.

'Bean a rinne adhaltranas í', arsa duine acu; 'má deir sé linn í a scaoileadh saor beidh ár ndlí á réabadh aige, agus má deir sé go mba chóir í a chlochadh de réir an dlí, beidh an chomhairle a thug sé uaidh go minic curtha ar leataobh aige'.

*   *   *

Tugadh an bhean i láthair Íosa. Scríobh sé ar an talamh lena mhéar:

'Cíbé agaibhse atá gan pheaca caitheadh sé an chéad chloch léi . . .'

'. . . Ar a chloisteáil sin dóibh d'imigh siad amach i ndiaidh a chéile, ag tosú ó na sinsir . . .; agus fágadh Íosa ina aonar agus an bhean ina seasamh ina láthair', mar adeirtear linn sa Soiscéal.

Agus dúirt Sé léi:

'Imigh romhat, agus ná peacaigh feasta'. Ach do lean sí Íosa . . .

*   *   *

B'é an criadóir an duine deireanach a d'fhág an áit. Bhí

cloch ghéar aige i gcúl a ghlaice, agus nuair nár fhéad sé
an chloch sin, an chéad chloch, a chaitheamh léi,
d'éalaigh leis tríd na sráideanna gur shroich an geata. Bhí
an fealsúnaí ansin roimhe; tháinig sé air i ngan fhios agus
chuir cloch go doimhin ina chloigeann.

*   *   *

AN COIMHTHÍOCH A RAIBH AGHAIDH AN BHÁIS AIR

Bhí beirt bhan óg ag líonadh a gcuid soitheach cré as tobar atá i bhfogas aistir sabóide don bhaile beag ar a dtugtaí Sachaman na Samaria in aimsir Chríost. Lá aoibhinn samhraidh a bhí ann, agus leis an gcrónán a bhí acu, agus le dícheall a saothair, b'fhada an t-achar gur thug siad faoi deara go raibh fear óg ina shuí ar chloch i ngar dóibh. Nuair a thug, chuir siad deireadh leis an amhránaíocht agus leis an obair, agus d'fhéach i dtreo an fhir óig. Bhí a cheann faoi aigesean, agus gan cor as; ach ó bhí sé ar mhullach na heiscire ar ar tugadh Giall an tSean Leoin Mhantaigh, agus é idir iad agus bun na spéire, d'éirigh leo a chuma agus a chruth a scrúdú go maith, agus gan a fhios aigesean go raibh siad ann . . .

Bhí ceann beag air, ceann beag dea-chumtha agus folt dubh catach ag titim anuas ar a bhaic, ach nuair a thagadh smathamh beag den ghaoth aniar thar ghualainn an aird, chrochtaí an folt dá bhaic, agus d'fheictí muineál chomh bán agus chomh bog agus chomh hálainn le haon mhuineál dar fhacthas riamh. Ba bheag bean óg (den aimsir sin) a d'feiceadh an muineál álainn agus an folt cas sin, a bhí ag titim anuas air, nach mbeadh dúil aici lámh a leagadh air, agus a méara fada caola a chur in aimhréidh san fholt cas.

Ach má bhí a leithéid de dhúil i gcroí ceachtar de na mná óga ag an tobar níor nochtadh ina gcuid cainte é. An té ba ghéire súil agus ba chruinne breithiúnas, ní fhéadfadh sé a rá go cinnte go ndearna siad níos mó deifre, ar fheiceáil an fhir óig dóibh, mura bhfeicfeadh sé féachaint a thug duine acu ar an duine eile. Ach rinne: ba bheag an mhoill orthu an dá shoitheach mhóra cré a líonadh agus a gcrochadh suas ar mhullach a gcinn agus gluaiseacht leo. Bhí dhá chasán ann ón tobar go dtí an baile beag inar chónaigh siad; an ionadh é gurb é an casán a thug an-ghar d'fhear óg na gruaige fada duibhe a thaisteal siad? An ionadh é gur thosaigh siad arís ar an gcrónán ag gabháil thairis dóibh, le go músclóidís é ar cibé· suan nó machnamh ina raibh sé? Ach níor mhúscail an crónán é. Níor thóg sé a cheann. Níor fhéach ina dtreo. Bhí siad imithe fiche slat thairis nuair a d'fhéach duine acu ina diaidh go bhfeicfeadh sí cén cineál fir a bhí ann. Marach gur fhéach, ghabhfadh an bheirt acu san uaigh, agus barúil acu gurb é scoth na bhfear álainn a bhí ina shuí ar mhullach Ghiall an tSean Leoin Mhantaigh an lá gréine samhraidh sin.

Tá sé ráite ag fear éigin nach bhféadfadh bean comhairle a ghlacadh agus fios uaithi; níor éirigh le bean Lot é a dhéanamh, agus is eol dúinn uile céard a d'éirigh di. Ní dhearnadh colún salainn de bhean óg an tsoithigh chré, ach mura ndearnadh, thit an soitheach dá ceann agus lig sí a seanbhéic le méid an uamhain a tháinig ar a croí.

'A Mhatan! a Mhatan!' ar sí lena comhluadar agus í ag dul i laige.

'A Choba! a Choba, a chroí!' arsan bhean eile agus súile na beirte sáite i bhfear óg na gruaige fada duibhe.

Bhí aghaidh an bháis ar an bhfear óg!

Músclaíodh é, más ina chodladh a bhí sé. D'éirigh sé. Chuaigh i bhfochair na mban le cabhrú leo. Chuir dath liathbhuí a éadain scanradh agus alltacht ar na mná gur bhris siad ceann dá soithí de bharr na heagla. Ach na súile a bhí ina cheann! Ba chosúil le dhá pholl a thollfaí in adhmad le hiarann te iad, ach gur fhan ruainne beag de sholas neamhshaolta i dtóin na bpoll doimhin sin.

Níor labhraíodh smid. Bhí draíocht éigin ag fear óg na gruaige fada duibhe agua na súl aisteach ar an mbeirt,

agus gan focal a rá chuir sé iallach orthu é a threorú go dtí an baile beag inar chónaigh siad.

Bhí slí fhada le siúl acu. Bhí an bheirt bhan i dtosach, agus an fear tuairim is deich slat ar a gcúl. Bhí an oíche ag titim go mear, agus chuireadh gach torann dá gcluineadh na mná uamhan orthu. B'fhada agus ba rófhada leo go raibh siad sa bhaile, ach dá bhfaighidís faill imeacht ón té bhí ag a sála, ón té bhí ag cur uafáis orthu, is cinnte nach n-imeoidís. Labhair an oíche go géar agus go truamhéileach i measc na gcnoc. Baineadh geit as bean an tsoithigh nár briseadh. Sciorr sí. Thit sí. Briseadh a hárthach. Tháinig an fear suas leo. Leag lámh ar ghualainn na mná a thit. D'fhéach uirthi sna súile. Phreab a croí ar nós trompáin tollta. Tháinig creathadh i ngach ball dá baill. Scread an bhean eile ach ghluais siad ina dtriúr, cos ar chois, faoi dhéin an bhaile.

Bhí draíocht éigin orthu ag an bhfear sin a raibh aghaidh an bháis air.

Faoi dheireadh chonaic siad an baile síos uathu sa ghleann; tithe beaga cearnógacha gan bhinn; crainn fhíge agus crainn phailme thall is abhus. Ó bharr na heiscre cheapfadh duine nach raibh sna crainn ach crainn bhréige agus nach raibh sna tithe ach bréagáin leanbh.

Ar theacht go ceann an bhaile dóibh, in aice le teach an ghréasaí, chonaic siad a lán solas beag ag déanamh orthu, agus chuala siad cantaireacht slua mhóir a bhí ag dul ag déanamh bainise sa cheathrú sin den bhaile de réir nósanna mná na haimsire, agus ní bréag a rá gur tógadh croí na n-ógbhan ar fheiceáil na cuideachta séimhe seo dóibh.

Rinne an chuideachta uile ar theach na bainise, agus chuaigh an méid díobh a bhí ag iompar na lóchrann isteach. An chuid eile, an dream nár tugadh cuireadh dóibh, shuigh siad ar shuíocháin faoi na crainn thall is abhus ar fud an ghairdín.

Ba nós é i gCríoch na Samaria cuireadh bainise a thabhairt d'aon choimhthíoch a thiocfadh an bealach; chuaigh an fear a raibh aghaidh an bháis air isteach — ach nach ait an rud é go ndeachaigh an bheirt bhan óg isteach gan chuireadh gan iarraidh agus iad ag iarraidh éaló uaidh ó casadh le chéile i dtosach iad? A chuid draíochta, is dócha!

Chuir an coimhthíoch óg a raibh aghaidh an bháis air scanradh ar chuid mhaith de na daoine a chonaic é agus é ag an mbainis. Bhí fear ann agus é ag gabháil cheoil ar an gcineál cruite ar ar tugadh an 'ceannóir', ach nuair a d'fhéach an coimhthíoch air, thit an gléas ceoil ar an urlár uaidh. Ní raibh sé in ann a thuilleadh ceoil a ghabháil an oíche sin; dúirt sé gur réab an coimhthíoch na téada le féachaint a shúl! Bhí bean óg ann a bhí ag roinnt bia ar an gcuideachta agus nuair a sháigh an coimhthíoch a dhá shúil inti chuaigh sí i laige, agus b'éigin í a thabhairt amach faoin spéir go dtiocfadh sí chuici féin. Ach nuair a shín bean óg an tí corn fíona dó níor tháinig múisiam ar bith uirthi; ach dúradh ina dhiaidh sin gur mar gheall ar a shúile a bheith dúnta aigesean a chuaigh sí saor. Is dócha gur thuig an coimhthíoch óg cén chumhacht a bhí ina shúile, mar chuaigh sé isteach i gcúinne leis féin agus d'fhan sé ansin ar feadh na hoíche agus a cheann faoi aige.

Nuair a thug an bheirt bhan a casadh leis i dtosach, nuair a thug Coba agus Matan faoi deara sa chúinne é, agus a dhroim leo, agus a cheann faoi aige, tháinig misneach chucu, agus dhruid siad anall chuige de réir a chéile; go deimhin is ar éigin a d'fhéad siad gan lámh a leagadh ar a mhuineál leis an draíocht a bhí orthu aige, leis an diabhlaíocht a bhí ann, dá mb'fhíor dóibh féin. An bheirt fhear a bhí luaite leo, Ramas an gréasaí bróg, agus Am an saor cloiche, tháinig siad isteach faoi seo, agus bhuail éad iad ar fheiceáil na mban dóibh.

Fear toirtiúil téagrach a bhí in Am, agus shuigh sé faoi fhuinneog agus fonn air an bhean a bhí luaite leis féin a thachtadh. Bhí Ramas ard caol buí, agus bhí sé ina sheasamh lena thaobh agus é cinnte dearfa ina intinn féin nach raibh ó aon bhean dar rugadh ariamh ach coimhthíoch a mbeadh gruaig fhada dhubh chas air a bheith mar chéile aici!

23

Bhí limistéar maith sa teach agus gan ann ach beagán solais, agus ní leor mór de na haíonna a chonaic aghaidh an choimhthigh, agus ba lú ná sin an méid díobh a thug faoi deara cén fhéachaint a bhí ina shúile. Ceapadh gurb é an fíon maith meisciúil ón Ghréig a chuaigh i gceann an cheoltóra — bhí ceoltóirí tugtha don fhíon sa tseanaimsir féin; ceapadh gurb é brothall na haimsire agus dícheall a saothair ba chiontach le laige na mná. Níor bacadh le Ramas agus níor bacadh le hAm, agus níor bacadh leis na mná a bhí luaite leo; agus níor bacadh leis an gcoimhthíoch féin a bhí ina shuí sa chúinne agus a cheann faoi. Bhí a dhóthain ar a aire ag gach duine agus a ghreann agus a aoibhneas féin a bhaint amach.

Tháinig sos beag ar an gceol. Cheap Ramas agus Am go bhfaca siad a mbeirt bhan ag comhrá leis an gcoimhthíoch.

'Peacach mé! Peacach mór mé!' arsan coimhthíoch de ghuth ard.

D'fhéach a raibh ann ina threo, ach amháin an bheirt bhan; d'fhéach siad siúd ar a bhfir, agus ní fada go raibh siad ceathrar cois a chéile.

'Na súile atá ina cheann!' arsa Matan.

'An draíocht atá aige!' arsa Coba.

'Cé hé féin?' arsa Ramas le Matan.

'Cé hé féin?' arsa Am le Coba.

Tá mná ann agus ní fhéadfaidís an fhírinne a rá ar ócáid den tsórt seo, dá bhfaighidís an saol mór air. Ní fhéadfaidís a admháil gur chuir siad spéis i bhfear ach san fhear a raibh suáilce nó duáilce thar teorainn ann. Duine díobh seo ab ea Coba.

'Sin é . . . sin é an fear a bhain an ceann d'Eoin Baiste', ar sise agus uafás uirthi.

Lucht leanúna Chríost ab ea muintir an bhaile bhig seo, agus bhí gráin acu ar naimhde Chríost agus ar naimhde Eoin.

D'fhéach an bheirt fhear ar an gcoimhthíoch óg a bhí ina shuí leis féin sa chúinne, agus tháinig alltacht agus gráin orthu. Ach is ar a chéile, áfach a d'fhéach an bheirt bhan, agus nuair a d'fhéach thuig siad a chéile.

'Ní hé an fear sin é ar chor ar bith', arsa Matan, 'ach . . . ach . . . ' tháinig crith uirthi — 'ní hé an fear sin é ar chor ar bith, ach Iudás Iscariot'.

Bhí sé ina dhíospóireacht eatarthu gan mórán moille. Tháinig fuinneamh i nglórtha na bhfear agus géire i nglórtha na mban agus gach fear díobh ag cabhrú lena bhean féin. Dúirt Coba gurbh é fear dícheannta Eoin Bhaiste é: cén fáth nach gcuideodh Am léi agus é luaite léi? Agus dúirt Matan gurbh é Iudás Iscariot é: b'ait an rud é mura gceapfadh Ramas go raibh an fhírinne aici. Ní fada go raibh sé ina bhriatharchath ann. Ní rófhada go raibh sé ina achrann. Dóbair dó a bheith ina dhearg-ár idir an ceathrar. Bheadh freisin murach go ndeachaigh Ramas amach sa ghairdín mar a raibh an slua nach bhfuair cuireadh chun na bainise. Lean Matan é. Lean Am agus Coba iad.

Bhí greann ar siúl sa ghairdín, ach ní fearr le daoine greann ná achrann. B'fhearr leis na daoine a bhí sa ghairdín an oíche sin an t-achrann ná an greann. Bhí braon ólta ag gach a raibh ann.

'Is é an fear a bhain an ceann d'Eoin Baiste é', arsa Coba, 'nach ndúirt sé liom . . .'

'Is é Iudás brocach é', arsa Matan, 'murach gurb é cad chuige . . .'

Chabhraigh Ramas le Matan. Chabhraigh Am le Coba. Chabhraigh muintir Ramas le Matan. Chabhraigh muintir Am le Coba. I gceann tamaill bhig bhí dhá dhream sa ghairdín, dream díobh ag tabhairt na mionn gurbh é fear dícheannta Eoin Bhaiste an coimhthíoch óg, agus dream eile á mbréagnú go dána fíochmhar.

Ach níor doirteadh aon fhuil. Níorbh é gnás na tí é fuil a dhoirteadh ar a leithéid d'ócáid. Ní raibh sé ina lá go raibh an dá dhream ina gcodladh go sámh, agus má chonaic aon duine acu an coimhthíoch óg i mbrionglóid níor inis sé d'aon duine eile é.

Ach ná ceaptar gur bhriatharchath aon oíche, ná comhrac comharsan, ná easaontas ban a cuireadh ar bun

ag an mbainis úd a bhí acu i Sachaman na Samaria, mar
níorbh ea ach cogadh, cogadh mór bliana. Agus ní raibh
fear ná bean ná páiste ar an mbaile nach raibh ina
shaighdiúir sa chogadh sin. An páiste nach raibh in ann
siúl ach go lúbach, dá gcasfaí a chomhaois leis ar an
mbóthar is é an chéad rud a deireadh sé leis ach—
    'Is é Iúdás é!'
    Agus deireadh an gasúr eile nárbh é ach fear
dícheannta Eoin Bhaiste. Ansin chuireadh an bheirt acu
gotha troda orthu féin, agus bheadh ar a máithreacha
bochta a gcosaint ar a chéile, agus deireadh bean díobh—
    'Más é Iúdás féin é, a mhic . . .'
    Chuireadh an focal sin an bhean eile ar buile agus
thagadh fir na beirte amach ansin leis an achrann a
réiteach — ach nach bhfuil a fhios ag an saol mór céard a
tharlaíodh ansin? Ach níl a fhios ag aon duine cé mhéid
cloigeann a gortaíodh i gcaitheamh na bliana sin a raibh
an coimhthíoch óg ar an mbaile.
    In annála Sachaman na Samaria tugtar 'an cogadh
mór' ar imeachtaí na bliana sin. Ach bhí cogadh eile ann
an uair chéanna, ach nach bhfuill aon chuntas le fáil air
sna leabhair staire. 'Cogadh na bhfear lena mná' ba chirte
a thabhairt ar an gcogadh eile seo.
    Bhíodh an coimhthíoch óg a raibh aghaidh an bháis air
ag imeacht ar fud an bhaile, agus ar fud na gcnoc maol
clochach atá timpeall ina aonar. Bhíodh sé ag imeacht
roimhe i gcónaí go dúr doicheallach agus folach ar a
shúile ar eagla go gcuirfeadh sé scanradh ar an asal óg le
hais na slí, nó ar an ngamhain sa pháirc, nó ar an mbean
a bhí le clann. Ba mhinic dó a bheith ag caint leis féin ach
níor cluineadh riamh óna bhéal ach—
    'Is peacach mé! is mór an peacach mé!'
    Thug sé faoi deara go raibh achrann ar bun ar fud an
bhaile, ach má bhí a fhios aige gurbh é féin ba
chionsiocair leis an achrann níor lig sé air go raibh a
fhios. Bhí a fhios aige go mbíodh eagla ar na daoine a
chastaí leis roimhe. Bhí a fhios aige gur thug
dream díobh Iúdás air, agus gur cheap dream eile gurbh é

fear dícheannta Eoin Bhaiste é. Scaoil sé leis an dá dhream. Níor bhréagnaigh sé ceachtar den dá dhream, bíodh is go raibh sé ina chumas sin a dhéanamh. Fear nár thóg achrann in aon áit lena linn dá mb'fhéidir leis a chosc; ba ghráin leis a bheith iomráiteach — nár éalaigh sé óna mhuintir agus óna bheirt deirfiúr aonraic, agus óna bhaile dhúchais mar gheall ar an gcáil mhór a thuill sé dá ainneoin? An cháil a fuair sé ar an mbaile iargúlta seo níor thuill sé í: ba chuma leis céard a déarfaí faoi Iúdás, ná faoin bhfear eile, óir nach raibh aon bhaint aige leo, ach nuair a chuimhníodh sé ar an am a bhí thart, nuair a bhíodh an uile dhuine ag dearcadh air, agus na gasúir féin, ag glaoch air, agus ag magadh faoi, agus é ag gabháil na sráide in Iarúsailéim, is ansin a bhíodh lúcháir air nach raibh eolas a ainme ná a ghnímh ag na daoine a bhí ina thimpeall. Cheap siad gur ag déanamh aithrí a bhí sé, agus scaoil siad leis ach amháin an bheirt bhan úd a casadh leis i dtosach. Agus nuair a d'fheiceadh a bhfir luaite iad siúd ag iarraidh a bheith ag baint cainte as an gcoimhthíoch, is ansin a bhíodh an cogadh ann, 'cogadh na bhfear lena mná'.

Ach cibé cogadh nó cibé ár a bhíodh ar siúl níor bacadh leis an gcoimhthíoch óg a raibh aghaidh an bháis air. Níl aon phobal ann nach mbíonn omós ag dul don té a bhí ag déanamh aithrí.

Tharla faoin am seo gur tháinig scéala chuig Lúcás naofa a bhí ina chónaí i ngar do Iarúsailéim go raibh easaontas ar bun i measc a chomhbhráthar i Sachaman na Samaria, agus nuair a chuala sé sin ghléas sé a chuid asal, agus ghlaoigh sé chuige ar a dheisceabail go dtabharfaidís cuairt ar an áit leis na daoine a chomhairliú. Cuireadh fáilte mhór rompu ar shroichint an bhaile dóibh agus ní rófhada go raibh slua mór ag éisteacht lena chuid cainte ar fhaiche an bhaile. Bhí fearg ina ghlór agus dílseacht ina shúil.

Chuala an coimhthíoch óg a bhí ina sheasamh ar imeall an tslua a ghlór. Chuala Matan agus Coba é, agus iad ina seasamh, duine acu ar gach aon taobh den choimhthíoch.

'A bhráithre, séanaigí an t-achrann: a bhráithre, ó chreideann sibh i Mac and Duine a fuair bás ar bhur son: a bhráithre, ó chreideann sibh sa Tiarna a d'éirigh ó mhairbh . . .

D'fhan sé tamall beag ina thost. Bhí sé ag féachaint i dtreo an choimhthígh óig.

'A bhráithre, má tá aon duine i bhur measc atá lag sa chreideamh — agus is cosúil ón achrann a bhí ar siúl i bhur measc go bhfuil — níl ar an té sin ach ceist a chur ar an bhfear úd thall . . .'

Shín sé a mhéar i dtreo an choimhthígh óig a raibh aghaidh an bháis air.

'. . . níl ar an té atá lag sa chreideamh ach ceist a chur ar an bhfear úd thall a tógadh ó mhairbh trí chumhacht Chríost. Glaoim ort a Lasarus . . .'

Ach bhí an coimthíoch óg éalaithe.

D'fhéach Coba ar Mhatan.

Fuair mé boladh an bháis uaidh gach uile uair a cheap mé póg a thabhairt dó', arsa Coba — ach cé a chreidfeadh a leithéid de bhean'?

TEATRARC NA GAILILÍ

Breá liom tú ag teacht ar cuairt chugam sa phóithrín beag brocach seo atá agam san fhásach, a Réisín, a mhic altroma. Ach fan amach uaim roinnt nó beidh tromualach cruimh agus péist agat ag filleadh uait go hIarúsailéim! Ag dul i líonmhaire atá siad in aghaidh an lae agus a maraím díobh idir an dá leac sin! Féach na poill atá cartaithe acu i mo chuid feola! Ná bíodh uamhan ort — nach n-itear feoil an duine san uaigh, agus nach anam marbh mise cé go raibh mé i mo rí ar chríoch na Gaililí tráth? . . .

Sea, is mian leat go ndéanfainn roinnt cainte leat, a mhic; is é mo mhian féin é freisin, tá sé chomh fada ó labhair mé cheana ach amháin leis na péisteanna seo a bhíos dom ithe de shíor . . .

Bheinn i mo rí fós faoi ardghradam agus faoi mheas mura mbeadh na mná. Cuirtear sna leabhair staire é go ndearna Ioruaith Antipas, teatrarc na Gaililí, gach drochghníomh dá ndearna sé mar gheall ar bhean éigin. Sin í an fhírinne, a mhic: níor fhéad mé fanacht uathu ó thosach mo shaoil, agus fios dearfa agam go dtiocfadh mo bhás orm dá mbarr. Tuige ar bhac mé leo mar sin, an ea? Nach tú atá óg! An chinniúint, is dócha: féach an féileacán úd thall atá ag foluain os cionn mo choinnle. Ní fada go loiscfear a sciatháin mhaiseacha: cá bhfios dúinne nach bhfuil a fhios sin aige, freisin?

Bhí togha na haithne agatsa ar Shalomé, iníon mo leasdearthár Filip. Bhí: murach í ní chuirfinn iallach ort dul san arm an tráth úd — éist liom, adeirim: is gearr go mbeidh a fhios agat cén bhaint a bhí aici le do chuid saighdiúireachta. Ach bhí aithne agat uirthi. Bhí, agus gean. Is maith is cuimhin liom lá dá raibh an bheirt agaibh ag déanamh aoibhnis ar an mbán ar aghaidh an tí. Aimsir fhionnuarach a bhí ann. Bhí crainn almóinne agus crainn oráistí faoi bhláth agus an saol mór go háthasach i ndiaidh doininne an gheimhridh. Ach ag breathnú oraibhse dom trí an bhfuinneog cheap mé nach raibh aon ní sa saol álainn seo chomh háiainn libh . . .

Chuir tú an ghirseach ag damhsa ar leac. Ní hionadh liom aoibhneas a bheith ort ag féachaint duit ar a háilleacht. Ach scaoileadh iall a bróige. Thit sí. Thóg tusa i go cúramach. Thug póg di ar an mbéal. Dhearg sí. Tháinig pus uirthi — is cuimhin leat an béal gáireach a bhí uirthi? Ach an fhéachaint a tháinig ina súile! 'Bheirim do dhúshlán é a dhéanamh arís', an rud a bhí léir ón bhféachaint sin. Agus ní dhearna tú é! Bhí tú óg agus is beag eolas a bhí agat ar chanúint na súl. Ní bheadh uait ach an fhaill anois, a rógaire!

Ach bhí a mhalairt d'fhéachaint ina gnúis ag dul thar an bhfuinneog di nuair a scar sí uait. Féachaint ghreannmhar an fhéachaint sin. Corrdhuine a fheiceas í i ngnúis mná an chéad uair. An té a fheiceann tagann aoibhneas ar a chroí, tagann smaointe ar a aigne . . .

'Ní páiste atá againn i Salomé anois', arsa mise liom féin, 'ach bean, bean álainn aibí', agus thosaigh mé ag smaoineamh ar thréithe na mban . . .

Cé a thiocfadh orm agus mé sa mhachnamh sin ach Herodias. Sular airigh mé i m'aice í, leag sí lámh go grámhar orm ar chúl mo chinn ar a sean-nós féin. Ní fhéadfainn a insint duit, dá bhfaighinn mo ríocht ar ais air, cén fáth ar chaith mé an lámh uaim go mímhúinte.

Ach thuig Herodias cén fáth go ndearna mé é: a bhfaca tú spréachadh ó ifreann i súile mná riamh, a Réisín? Ní fhaca tú. Ní fearr duit ar bith é. Ach chuir an bhean eagla mo chroí orm.

'Níor cheap mé gur tú a bhí ann', arsa mise, ciotach go leor.

'Agus ní aithneofá mo lámhsa thar láimh mná ar bith eile!' ar sise, 'más ag éirí tuirseach díom atá tú . . .'

Mhóidigh mé nárbh ea. Thug mé mo sheacht mionn mór air. Chuir mé in iúl di é leis ma mílte póg agus barróg. Ar chreid sí mé? Cá bhfios dom? Is mó an léargas atá ag na mná sna nithe sin ná mar atá againne. Bíonn a fhios acu go mbíonn fear ag éirí tuirseach díobh sula mbíonn a fhios ag an bhfear féin é. Sin bua atá acu. Ar chaoi ar bith lig Herodias uirthi féin gur chreid sí gach briathar de mo bhriathra béil.

'Mo pheata tú', ar sise — ach cén mhaith dom a insint duitse, a Réisín, atá eolach sna nithe seo céard é an rud adéarfadh bean agus aisce uaithi? Tá aithne mhaith agat ar t'athair altroma: an dóigh leat go bhféadfadh sé aon rud a dhiúltú do bhean a labhródh go bladarach grámhar leis? An ionadh mór leat gur gealladh di so gcuirfí ceangal na gcúig chaol ar an amadán úd a bhíodh ag seanmóireacht agus ag déanamh uisce faoi thalamh timpeall na tíre an uair sin? Ó sea, sin é an t-ainm a tugadh air — Eoin Baiste. Bhíodh sé ag síor-rá leis an bpobal go ndearna mé éagóir agus bean mo leasdearthár a fhuadach agus a phósadh. Beag aird a bhí agamsa air féin ná ar a chuid seafóide, ach ghoill a chuid cainte ar Herodias nó lig sí uirthi féin gur ghoill. Go deimhin duit, a Réisín, ní ar Eoin ná ar Herodias, ná ar Aretas, athair mo chéad chéile a bhí ag fógairt catha orm faoin am seo — ní orthu a bhí mé ag smaoineamh an oíche sin ach ar Shalomé aoibhinn álainn . . . Ar chaoi ar bith gabhadh Eoin agus cuireadh i ngéibheann é i dtóin tobair dhoimhin thirím ag ceann an ghoirt bhig úd ar thugamar Gairdín an tSuaimhnis air.

Mura bhfuil mé ag cur tuirse ort cuirfidh mé i gcuimhne dhuit cé mar a bhí an scéal agam ansin. Bhí gean agam ar Shalomé, iníon mo mhná. Bhí mé cinnte de. Tá aithne agat orm: is eol duit nach mbéarfadh lá suaimhnis arís orm mura mbeadh an bhean dar thug mé gean agam idir chorp agus anam. Ach céard a dhéanfainn lena máthair, le Herodias an díomais? Í a sheoladh

abhaile chuig mo leasdeartháir, chuig Filip? Dá
ndéanfainn é sin, dá nglacfainn le comhairle Eoin, bheadh
an pobal uile ar mo thaobh. An bhean dar thug mé fuath
a dhíbirt agus naomh a dhéanamh díom féin! Thaitin an
chomhairle sin liom, a Réisín — ba mhór an greann é go
gceapfaí gur dhíbir Ioruaith bean uaidh mar gheall ar aon
reacht . . . Ach bheadh orm Salomé a dhíbirt chomh
maith . . . sin rud nár thaitin liom. Sin rud nach
ndéanfainn. Ní fhéadfainn Herodias a dhíbirt gan Salomé
a dhíbirt mar an gcéanna. Is olc an rud nathair nimhe i
dteach: be ghéire agus ba nimhní an bhean sin ná aon
nathair. Iontas liom fuath ban . . .

Agus bhí Aretas — nárbh é an fear buile é, a Réisín?
— bhí Aretas ag fógairt cogaidh orm mar gheall ar a
iníon féin, an chéad bhean a bhí agam riamh: ní raibh aon
aithne agat uirthi, a mhic — na cosa is lú agus is gleoite
dá bhfaca tú ariamh ach . . . is cuma; beag aird a bhí
agam uirthi nuair a leag mé súil ar Herodias uaibhreach
an chéad uair. Agus tú féin, a Réisín: bhí eagla orm gur
thug Salomé grá duit ón lá a chonaic mé i nGairdín an
tSuaimhis sibh. Níor chuir sin imní ná buairt orm, áfach.
Bhí a fhios agam go scaoilfí an tsnaidhm seirce (má bhí a
leithéid ann) dá scarfaí an bheirt agaibh óna chéile. Sheol
mé an bheirt agaibh óna chéile. Sheol mé go páirc an áir
tú, a Réisín, agus gan súil agam go bhfillfeá . . . Nach
iomaí sin imní agus cás a bhíonn ar fhear a thug grá do
bhean inné, a bheireann grá do bhean eile inniu, agus a
bheireann grá don triú bean amárach? Tugadh faoi deara
cén galar a bhí ag gabháil dom: nach cuimhin leat aoir a
rinne file fáin a bhíodh ag taisteal na tíre an uair sin orm?
Bhíodh gearrbhodaigh na cathrach á ghabháil agus mé ag
gabháil thart mo charbad.

Nach tú atá óg agus a leithéid de cheist a chur orm!
Cad chuige nár dhíbir mé an bheirt acu! Cad chuige nach
ndearna mé socrú le mo naimhde, le hathair mo chéad
chéile agus leis an bpobal Iúdach? An grá a bhí agam i
mo chroí istigh do Shalomé . . . ach ná ceap nach
ndearna mé mo sheacht ndícheall an grá sin a mhúchadh.

Ghlac mé le mórchuid den chomhairle a bheirtear do dhaoine a bhíonn ina leithéid de chás, an chomhairle mhaith sin atá le fáil san ochtú caibidil déag de leabhar fealsúnachta Éileada. Mé a bhí go gnóthach ó dhubh go dubh. Obair rialtais a lig mé le faillí le suim aimsire rinne mé í. Chuaigh mé ar aghaidh go dána leis an gcogadh. Níor labhair mé le Salomé ach is corroíche nach mbíodh mná i mo chuideachta ag déanamh aoibhnis dom. Is cuimhin leat an bhuíon bhanrinceoirí a bhronn an tImpire orm — agus bhí mná áille orthu siúd, mná donnchneasach' colpach' cruinnchíochach' bolgshúileach'. Ní raibh aon mhaith ann, áfach. Bíonn an dá ghrá ann mar is eol duit, an grá corpartha agus an grá anama. An chéad chineál a thug mé do na mná rince, agus do mhná nach iad, ach thug mé an dá chineál do Shalomé, agus tá a fhios agat féin nach mbíonn aon leigheas i ndán don té a bheireann an dá chineál grá do bhean. Níl tú cinnte de, an ea? Ní raibh mé féin cinnte de uair; tá anois.

Sea, rinne mé mo dhícheall. Ghlac mé an chomhairle ina hiomlán mórán — mná iasachta, fíonta draíochta ó chríocha na hAraibe, obair throm — is minic a chaith me lá fada ag rómhar sna páirceanna — leabhair — léigh mé an-chuid de leabhair fhealsúnachta na Gréige — ach dá gcluinfinn Salomé ag gáirí chaithfinn uaim a raibh ar siúl agam le dul ag breathnú uirthi . . .

Thug mé fleá oíche. Ag Machaerus a bhí mé an uair sin, agus is ann a bhí Eoin i ngéibheann agam. Bhí taoisigh airm agus uaisle na cúirte agus reachtairí rialtais ann, agus iad uile go meidhreach scléipeach. Bhí fíonta ann agus ba dhóigh liom go mbeadh sé de bhua acu an croíchrá a bhí orm a dhíbirt. Bhí fíon ón Tíor ann a bhí ar dhath fola namhad: ní bheadh ort ach corn de a ól agus bheadh fuadar chun achrainn ort — ar mo chairde a roinn mé an fíon sin. Bhí fíon ó shléibhte Mhóab ann: ba é bua an fhíona sin nach n-aireofá pian tar éis é a ól — níor leigheas sé pianta an ghrá, a Réisín. An fíon sin a bhronn an tImpire orm nuair a bhí sé sin ag gabháil thart: bhí an fíon sin ar dhath tonn na Gaililí lá geimhridh — fíon an léargais a tugadh air mar d'athbheodh braon de aon éirim aigne a bhí a bhfear ariamh; níor ól mé é. Bhí fíon na seirce ann — fíon corcra a tháinig ón nGréig; meascadh fuil seacht maighdean a thug gean d'fhear leis an bhfíon sin agus é á dhéanamh; níor theastaigh fíon na seirce uaim . . . Ní mórán a d'ól mé féin d'aon fhíon díobh. Bhí a fhios agam go raibh Herodias ar chúl na mbrat in áit éigin ag machnamh ar bheart éigin a bhainfeadh de mo threoir mé. Dá bhféadfainn buile a chur uirthi! Dá bhféadfainn í a mhaslú os comhair na cuideachta! An bhuíon bhanrinceoirí a bhronn an tImpire orm chuir mé fios orthu. Tháinig siad isteach, ochtar díobh, ocht mbanmhogha donnchneasach leathnocht, agus rinne siad damhsa barbartha os comhair na cuideachta.

Bhí aon bhean amháin ann, bean bheag aiclí cholpach agus chuir mé iallach uirthi damhsa áirithe a dhéanamh. Chrom sí í féin, chas agus lúb agus d'fheac, ag siúl ar an aer di tráth, ina colún donnmharmair gan cor aisti tráth eile; níor baineadh cor ná casadh as colainn duine riamh nár bhain sise as a colainn féin le haoibhneas a thabhairt do na fir mheisce a bhí timpeall uirthi á moladh.

'Dá fheabhas í', arsa mise, 'tá rinceoir eile sa teach seo agus sháraigh sí í'.

Bhí amhras ar an gcuideachta. Níor labhair aon duine.

'An bhean rince eile', arsa mise, 'is í an bhean is cliste agus is áille déanamh agus is gile cneas agus is gleoite cos agus troigh, agus is duibhe súil agus is cothraime déad dar mhair a riamh. Tá fuil ríoga ina cuislí. Is aoibhne a gluaiseacht ná solas na gealaí ag rince ar mhuir na Gaililí. Ní deirge caora an tsóláis ná a dhá béal. Marmar dubh líofa Shléibhe Eróim faoi loinnir ghréine i ndiaidh ceatha a dhá súil. Ón londubh a ghoid sí a guth. Coraíocht na gcéadta nathair nimhe balbh i bpéin dlaoithe fite a tiubhfhoilt' . . .

Dhearc mé i mo thimpeall ar an gcuideachta fear. Ní raibh cor ó aon duine acu ach a súile uile sáite ionam agus ionadh orthu cén cleas a bhí fúm a imirt. Bhí Herodias ag éisteacht liom freisin ach nár fhacthas í: an bhean sin dar thug mé gean agus searc tráth a mhaslú, sin a bhí uaim — dá bhféadfainn iallach a chur ar Shalomé damhsa áirithe Arabach a dhéanamh os comhair na bhfear meisciúil drúisiúil a bhí sa láthair nár mhór an masladh don bheirt é? Cárbh fhios dom nach laghdódh sé an tsearc? Bhí barúil agam nach mbeinn ag tnúth léi a thuilleadh dá ndéanfadh sí an damhsa barbartha a thaitin léi os comhair na bhfear . . . ar thug tú faoi deara a riamh, a Réisín, goidé an cathú mór a thagann ar fhear, an·bhean dá dtugann sé gean a chroí a bhrú faoi chois? Thug ar ndóigh; nuair a bhíonn an iomarca cumhachta ag an mbean air, is ea a thagann an cathú sin.

Bhuail mé amach faoin spéir. Bhí an ghealach ina suí agus dath na fola uirthi. An bonnán léana ag scréach go huaigneach; an faolchú ag bagairt i measc sléibhte Mhóab. Ach is mó go mór an tsuim a chuir mé i nglórtha an té a bhí i ngéibheann agam i dtóin an tobair i nGairdín an tSuaimhnis. Tháinig cuid dá cuid cainte chugam ar an ngaoth:

'Mo mhallacht orthu . . . mo mhallacht ar an bhfear a d'fhuadaigh bean a leasdearthár . . . Ná raibh sliocht orthu . . . an striapach a mhaslaigh an Dia a chruthaigh í le hainmhian a colainne . . . ach tiocfaidh a lá . . .'

Bhí guth iontach aige, guth láidir dúthrachtach a raibh an oiread coranna agus casadh ann agus atá de dhathanna sa tuar ceatha. Thaitín a ghuth go breá liom. Chuaigh mé go dtí an tobar ina raibh sé. Ar theacht i bhfogas an tobair dom chonaic mé ochtar nó naonúr ag éaló uaim sa dorchacht. Chuimhnigh mé gur thug mé cead do chuid dá lucht leanúna teacht ar cuairt chuige gach re lá: nach deas an teagasc a bhí sé ag tabhairt dóibh? Ach ba chuma liomsa . . .

Lig saighdiúir dá raibh ann trilseán síos sa tobar tirim ar cheann slabhra, agus b'iontach an radharc a bhí le feiceáil againn. Fear ard caol lom cosnochta ceannochta agus craicne camall timpeall air mar bhrat. Bhí sé ligthe traochta, cuma an ocrais agus an ghátair ina aghaidh

uasal agus é ag caitheamh briathra troma tarcaisneacha
liomsa agus gach briathar díobh chomh géar gáifeach le
ga Rómhánach. Ach an dá shúil a bhí ina cheann! Agus
an fhéachaint a thug sé ormsa! Dá mbeadh gach ainsprid
dar shiúil an domhan ariamh i mo cholainn ní fhéadfadh
sé féachaint be nimhní ná b'fhuathmhaire a thabhairt orm.
Nach uafásach an cruth a chuireann daoine orthu féin de
bharr creidimh, a Réisín?

Tháinig smaoineamh chugam. Bhí fleá ar siúl istigh;
nach raibh sé de dhualgas orm an méid grinn ab fhéidir a
thabhairt do na haíonna? Labhair mé le saighdiúir.
D'umhlaigh sé a cheann. Chuaigh mé féin isteach.

Casadh Herodias liom in aice an dorais agus scamaill
toirní os cionn a dhá súl.

'Gléastar Salomé i gcomhair rince, a bhean', arsa mise.

'Déanfar é, a theatrairc', agus d'imigh sí.

Chuaigh mé i láthair na cuideachta. Níor inis mé dóibh
goidé an greann a bhí ceaptha agam lena n-aghaidh.
Shín banmhogha corn fíona chugam. Bhí dhá phéacóg
oilte i lár an urláir agus a n-aoire á ngríosadh chun cleas
áirithe a dhéanamh. Tháinig giolla go dtí an doras.
Labhair giolla eile liomsa.

'Tugtar isteach é', arsa mise.

Seoladh fear a raibh craicne camall mar bhrat air isteach
agus cúigear saighdiúir ina thimpeall. Gháir an
chuideachta ar fheiceáil an fhir seo dóibh. Bhí faoi chuid
acu a mhaslú. Níor lig mé dóibh.

'Más príosúnach féin é déanadh sé comhghairdeas linn
anocht. Tugtar fíon dó agus bianna sobhlasta', arsa mise.

Tairgeadh an lón agus an deoch dó. Níor bhlas sé
díobh.

'B'fhearr leis lócaistí ón bhfásach, agus mil ón gcoill
agus uisce leamh ó Shruth Orthannáin ná do chuid biasa,
a theatrairc', arsa Rómhánach óg a bhí le m'ais.

Fear grinn a bhí sa Rómhánach. Bhí a shá den fhion
ólta aige freisin. D'éirigh sé ina sheasamh. Chuir sé
clogad práis ar cheann an phríosúnaigh. Cheangail sé
claíomh faoina chom. D'fháisc sé lúireach Rómhánach

36

ina thimpeall. Chan sé amhrán cogaidh ag cur in iúl do chách nach mbeadh aon taoiseach airm acu feasta ach é . . .

Óladh tuilleadh fíona. Gabhadh na hamhráin ba gháirsiúla agus hinsíodh na scéalta ba dhrúisiúla, ach os cionn an fhothraim agus an ghleo chluinfí an príosúnach ag síorghuí agus a rá:

'Mo mhallacht ort, a theatrairc na Gaililí. Mo mhallacht ar an striapach atá agat mar bhean. Tiocfaidh Mac Dé i bhfearg. Tá lámh Mhic Dé trom. Leagfaidh sé a naimhde. Díbreofar amach sa dorchacht iad. Meilfear a sliocht agus sliocht a sleachta idir bróin an dá shaol . . .'

Nach agam a bhí an fhoighne gan é a thachtadh? Ach níor chuir a chaint aon imní orm — ní raibh sliocht orm riamh.

Is ansin a tháinig sí chugainn an iníon álainn, Salomé an mhí-áidh. Ní raibh cúthaileacht ag baint léi ariamh, ach ba dhóigh leat uirthi agus í ag teacht anall chugainn trasna an úrláir agus na fir uile ag breathnú uirthi faoi ionadh nach raibh aon bhean chúthail ar an saol ariamh ach í. In aireagal liom féin a bhí mé, agus dhruid sí i leith chugam go malltroitheach, shuigh sí ag mo chosa, chuir sí a dhá láimh timpeall mo dhá ghlúin agus dhearc suas san éadan orm go truamhéileach ar nós duine a bheadh ar tí aisce a iarraidh.

'Táim réidh, a theatrairc, ach ná hiarr orm damhsa a dhéanamh', ar sise.

Bhí a fhios agam go raibh sí ag féachaint go hálainn agus bhí amhras orm go raibh fhios aici go bhféadfadh a háilleacht mé a bhogadh. Nach orm a bhí an dícheille gur cheap mé go raibh náire uirthi damhsa os comhair na cuideachta fear seo? Bhí fúithi damhsa ó thosach. Ní raibh uaithi feadh an ama ach a bheith ag spocadh asam, do mo ghriogadh lena háilleacht ar chomhairle a máthar go dtabharfainn di an aisce a bhí uathu araon. B'ise an cat agus ba mise an luchóg, agus mé dearfa go raibh sí faoi mo réir agus faoi mo cheannas agam ar feadh an achair!

'Damhsóidh mé duit agus don chomhluadar, a theatrairc, ach ní bheidh fuinneamh i mo chosa ná gleoiteacht i mo ghluaiseacht . . .'

Ar casadh leat duine ariamh, a Réisín, a bheadh idir dhá chomhairle an tráth ba chóir dó a bheith ar aon chomhairle dhaingean amháin? Bhí an scéal amhlaidh agamsa nuair adúirt an mhaighdean an chaint sin. Lena maslú, le táir agus tarcaisne a thabhairt di, lena ceannsú, le smacht a chur uirthi, lena náiriú, le fuath di a fhadú i mo chroí féin, lena n-aghaidh sin a thug mé ann í, théinte is go mbeadh cead cinn, cos agus comhairle agam uaidh sin amach. Ach, a Réisín, a mhic altroma, ná tóg orm é — nuair a thugadh sí aghaidh orm ó am go ham agus nuair a d'fheicinn an bhaithis bhán fhuar a bhí uirthi amhail marmar Shléibhe an Uaignis; agus na súile móra lonracha a bhí faoi, a raibh boige agus milse agus dorchacht oíche iontu; agus an bhráid a bhí ag ardú agus ag ísliú go rialta ar nós tonnta na mara; agus an béal bog tais a bhí cosúil le rós dearg iarna dhúiseacht maidin drúchta; agus nuair a chuala mé an glór a tháinig ón mbéal sin, glór ba cheolmhaire agus ba bhoige agus ba thaitneamhaí ná glór na mílte colúr bán a chuala beirt i ndoire coille cois na Róimhe uair, a Réisín — sea, nuair a chonaic mé agus nuair a chuala mé na nithe sin, an ionadh leat gur tháinig cathú orm? Níor ghéill mé don chathú, áfach. Níor ghéill mé don chathú iomlán ba chóra dom a rá. Dá n-iarrfadh sí orm í a scaoileadh saor ar an nóiméad sin dhéanfainn é, is eagal liom. Ná hiarr leath-aisce go deo, a Réisín. D'iarr Salomé an leath-aisce. Ní dúirt sí ach:

'Déanfaidh mé Damhsa an Linbh duit'.

'Ní hé atá uaim. An damhsa Arabach sin atá á chleachtadh agat le mí atá uaim'.

Tá eolas agat ar an dá dhamhsa, a Réisín. Ní bheadh náire ar bith ann an chéad cheann a dhamhsa. Ní fheilfeadh sé dom ar an ábhar sin.

'An damhsa Arabhach atá uaim'.

'An damhsa sin! Agus é a dhéanamh os comhair na bhfear meisce úd thall?'

'Sea'.

'Ach tá fíon sa cheann acu agus an ainmhian ina gcroí: ó, b'fhearr liom go mór fanacht leatsa anseo, a theatrairc, ag caint agus ag comhrá leat agus ag cur aoibhnis ar do chroí . . .'

Ní fhéadfainn iallach a chur uirthi é a dhamhsa mura ndéanfadh sí dá toil féin é. Cheap mé í a bhréagadh.

'Rud ar bith is mian leat gheobhaidh tú é, ach an damhsa a dhéanamh go maith'.

Lig sí goithí uirthi féin. Is í a bhí go leanbaí ar nós peata a bheadh ag iarraidh cuimhneamh goidé an bréagán a iarrfadh sí ar a máthair. Ach mo thrua! Is aici a bhí a fhios goidé an rud a bhí uaithi. Ag baint asam a bhí sí. Ag cur dallóige ar mo shúile a bhí sí ar feadh an achair. Ná ceap, a Réisín, go bhfuil buaite agat ar bhean go deo deo go bhfeicfidh tú san uaigh í. Gheall mé an iomad seod agus bréagán di dá ndéanfadh sí an damhsa.

'An dá nathair nimhe déag a bhronn banríon na Siria orm, gheobhaidh tú uaim iad', arsa mise, 'níl aon cheann acu ar aon dath ná ar aon aois ná ar aon toirt ná ar aon chiall le ceann eile. Tá siad chomh hoilte sin go dtig leat slabhra beo ildathach a dhéanamh díobh uile agus é a chur faoi do chom mar chrios . . .'

Chroith sí a ceann.

'Tá ochtar mogha balbh agam: tá na hocht seancheird a bhí ann ó thosach an tsaoil acu mar atá draíocht, diabhlaíocht, filíocht, talmhaíocht, fíodóireacht, maraíocht, paidreoireacht agus tabhairt na mionn'.

Níor thaitin siad léi.

'Na healaí draíochta atá ar linn an Dá Éisc i gCríoch Mhóab . . .'

Ba shuarach léi iad. Ní raibh uaithi an damhsa Arabach a dhéanamh de réir cosúlachta agus ní fheilfeadh aon damhsa eile don ócáid.

Dhearc sí san éadan orm agus dúirt:

'Téimis beirt amach go Gairdín an tSuaimhnis agus bímis ag siúlóid ann faoi na crainn aoibhne almóinne atá anois faoi bhláth agus ag pógadh na créafóige le méid a nualach áilleachta: tá an ghealach ina suí, ina banríon chiúin mhórga ar na réaltóga, agus réalta drithleacha airgeata mar bhrat ina timpeall. Tá na héanlaith go ceolmhar sna crainn pomagranít agus barúil acu go bhfuil sé ina lá leis an solas iontach atá ó réaltóg agus ó ré . . .'

An damhsa Arabach atá uaim', arsa mise to borb léi. Ba mhór an cathú é, a Réisín. Moltar mé nár ghéill mé.

'Téimis amach, a theatrairc, agus suimis faoi bhun an chrainn fhíge atá ag ceann Ghairdín an tSuaimhnis, agus canfaidh mé ceol duit, canfaidh mé amhrán grá duit a múineadh dom i gCríoch Iudéa fadó; agus an fhad is a bheidh tú ag éisteacht leis an amhrán sin ní bheidh cuimhneamh agat ar cheol na n-éan a bheidh ag cantaireacht i do thimpeall, ná ar chumhracht na gcrann, ná ar aoibhneas na hoíche ná ar imní an tsaoil, ná ar dhólás ná ar dhuairceas; ní bheidh cuimhneamh agat ach ar an amhrán agus ar an amhránaí . . . Téanam, a theatrairc na Gailílí, téanam go Gairdín an tSuaimhnis liomsa, téanam! téanam!'

Bhí mé i mo thost tamall. Tháinig dhá aisling os comhair   mo   shúl.   Gairdín   an tSuaimhnis . . . Salomé . . . mise faoi chuing shíoda, faoi chuing sheirce aici go deo deo arís . . . Sin, nó mé i mo rí i ndáiríre . . . í féin agus a máthair díbrithe uaim . . . an pobal uile ag cabhrú liom . . . smacht agam ar an tír . . .

Chuala mé glórtha na bhfear a bhí go scléipeach in Áras na bhFleá. Chuala mé glór Eoin Bhaiste ag dul i méid agus ag dul i laghad agus é do mo mhallachtú:

'Loiscfear a theach os a chionn. Tiocfaidh na ciníocha allta isteach ina ríocht agus ní fhágfar cloch ar chloch: ní bheidh páiste nach ngolfaidh; ní bheidh bean ann nach stracfaidh an folt dá ceann á mhallachtú . . .'

'An damhsa! An damhsa Arabach, a Shalomé! Gheobhaidh tú rud ar bith ach é a dhéanamh. Leath mo ríochta, más mian leat é!'

'Ach má iarraim ort an t-iolar dubh dall a bhí ag do mhuintir ó aimsir Dháithí?' ar sise go leanbaí.

'Gheobhaidh tú é. Cuma céard a iarrann tú ach an

damhsa a dhéanamh! Nach bhfuil mo bhriathar ríoga agat air?'

D'éirigh sí agus dhamhas.

Ní uirthi a bhí mé ag féachaint agus í ag damhsa. Ní ar na fir a bhí á hiniúchadh le súile drúisiúla faoi mhalaí troma dubha a bhí mé ag féachaint. Ní ar an bpríosúnach a bhí clúdaithe le craicne camall agus a bhí gléasta go magúil ar nós saighdiúir Rómhánaigh — ní orthu a bhí mé ag féachaint, ní orthu a bhí mé ag cuimhneamh ach ar ríocht mhór leathan ó Dhan go Beerseba, ar ríocht a bheadh faoi mo smacht agus faoi mo chumas féin, ar cháil, ar chlú, ar chumhacht a bhí mé ag cuimhneamh . . .

Bhí an damhsa thart. Tháinig an bhean chugam.

'D'achainí, a bhean', arsa mise.

'Ceann Eoin Bhaiste ar mhias', ar sise.

Ba léir dom go raibh sí i ndáiríre. Thuig mé gurb é sin a bhí uaithi ar feadh an ama agus nach raibh aon mhaith dom a bheith ag iarraidh í a bhogadh. Bhí mo bhriathar aici air.

Chuir mé cogar i gcluas giolla. Tugadh an príosúnach amach. Lean an bhean é. Thosaigh an chuideachta ar an bhfleá athuair. Ní baileach a bhí amhrán gafa ag duine acu gur tháinig Salomé isteach arís agus an ceann uasal fuilteach ar iompar aici . . .

D'éalaigh an chuideachta uaim ina dhuine agus ina dhuine agus fágadh i m'aonar mé in Áras na bhFleá.

An raibh tú ariamh ag strapadóireacht i measc cnoc garbh fiáin, tuirse ort agus ocras agus tart, agus súil agat go n-éireodh leat fóirithint a fháil dá dhféadfá na cosa a thabhairt leat, agus ansin, ar shroichint na háite a raibh súil agat le cabhair gan aon ní a fheiceáil ach aibhéis dhubh dhoimhin nach raibh sé ar do chumas a thrasnú? Is amhlaidh a bhí an scéal agamsa an oíche sin. An ríocht mhór, an chumhacht, an cháil, an chlú a chonaic mé i m'aisling, scaipeadh orm iad mar a scaiptear ceo roimh ghrian na maidine . . .

* * *

Is tráthúil a chuir tú an cheist, a Réisín: goidé an gnó a bhí ag maighdean óg mar í de cheann fuilteach dá shaghas, an ea? Ní lena haghaidh féin a d'iarr sí an aisce sin. Ní raibh a fhios agam an oíche sin é, ach tá a fhios agam anois é, monuar! Is iomaí scéal scéil a bhí ag gabháil thart faoi obair mhillteach na hoíche sin, agus is féidir gur shroich ceann díobh na réagúin allta inar chaith tusa do shaol le fada d'aimsir: ach ná creid aon cheann díobh. Is agamsa agus agamsa amháin atá fírinne an scéil . . . foighne, a Réisín! Lig dom é a insint duit ar mo bhealach féin.

Ní baileach a bhí an comhluadar éalaithe uaim, agus mé fágtha liom féin in Áras mór dorcha na bhFleá gur tháinig Herodias isteach. Níor lig mé orm go raibh uamhan ná imní orm faoi ghníomhartha na hoíche. Ba dhóigh le duine ar an bhean nár chuala sí aon cheo faoin dícheannadh.

'Do bheatha agus do shláinte, a theatrairc na Gailílí!' ar sise go caoin módhúil. 'Nach luath a d'imigh an comhluadar uait? Cé nár thaitin an damhsa Arabach leo? . . . Och! Céard seo? Fuil? Ní breá liom fuil: cuir fios ar ghiolla leis an urlár a ghlanadh. Iontach liom nach féidir le dream fear teacht le chéile gan achrann a bheith eatarthu!'

'Ní raibh aon achrann ann, a ríon', arsa mise. 'Sin fuil fáidh'.

Fuil fáidh! Níor cheap mé go raibh aon fháidh san tír seo leis na céadta móra bliain'.

'Sin fuil duine dar thug tú fuath. Sin fuil Eoin Bhaiste a bhíodh do do mhallachtú de shíor. Dícheannadh é anocht'.

'Tá a fhios agam sin. Bhronn Salomé a cheann orm mar a gheall sí . . . ach ní raibh ceart agaibh an tÁras breá seo a shalú lena chuid fola'.

'Agus bhronn Salomé a cheann ort!'

'Bhronn'.

Bhí sí ina tost ar feadh scathaimh bhig. Tháinig athrú gné di. Chúb sí í féin ar an urlár ar nós ainmhí allta a bheadh ag faire ar a chuid. Ní raibh le feiceáil agam sa dorchacht ach aghaidh bhán agus súile nimhneacha a bhí a bhí ag dul tríom.

'Bronnadh an ceann orm, a theatrairc', ar sise, 'ach ná ceap gur mar gheall ar a bhriathra baoise a bhí mé á lorg. Ná ceap ach oiread go raibh aon eagla orm go ndeighilfí sinne dá mbarr . . . tá greim níos daingne agam ort, a fhir gan chiall! Agus ní ar mhaithe leat atá an greim sin agam ort. Ní snaidhm sheirce a bhí dár gceangal le fada ach snaidhm dhoscaoilte fuatha. Bhí lá ann . . . ach cén mhaith a bheith ag caint faoi sin? Le bliain bhí tú ag tnúth le m'iníon. Ní raibh aird agat ormsa — sea, nach bhfuil cuimhne agat ar an lá a chaith tú mo lámh uait nuair a shíl mé a bheith lách muinteartha leat? Ón lá sin ní raibh aon ní ag déanamh imní dom de ló ná d'oíche ach bealach do mhillte a cheapadh . . . Bhí tú ag tnúth le Salomé ar feadh na bliana sin. Ní raibh mé féin ag tnúth ach le díoltas! Salomé — b'í an baoite álainn agam í! Bhí mé ullamh le híobairt a dhéanamh di ar altóir an díoltais dá mbeadh gá leis. Ach anois tá liom, a theatrairc na Gailílí! Tá do naimhde cumhachtach, ní hé amháin sa tír seo ach sa Róimh agus in Iarúsailéim. I méid, i gcumhacht agus i líonmhaire a bheidh siad ag dul de bharr oibre na hoíche ámhaire seo . . .'

Ní raibh ach dhá thrilseán beag solais sa seomra. Briseadh fuinneog le cloch. Múchadh ceann díobh.

"I líonmhaire a bheidh siad ag dul, a theatrairc. Nach gcluin tú lucht leanúna Eoin go bagarthach feargach anois féin? Anois, ó tá sé marbh, cuideoidh siad le do naimhde, le rí Phetréa atá ag cur cogaidh ort agus leo uile. Tá eolas agat ar an bpobal Iúdach, ar Esínínigh, ar Scaraigh agus ar a bhfuil ann díobh: níl giall agat anois lena smachtú. Tiocfaidh siad ort ina ndeich míle faoi arm agus faoi fhearg . . . agus beidh daoine sa Róimh, agus cuirfidh siad cogar i gcluas an Impire agus creidfear iad: an dóigh leat nach gcreidfidh an tImpire go bhfuil tú ar buile agus ár agus achrann sa tír de bharr an amadáin a chuir tú chun báis?'

Shíl me cosc a chur lena teanga, ach ní raibh aon mhaith ann, a Réisín. Ní raibh ionam corraí. Bhí draíocht éigin ina súile nimhneacha a ghreamaigh ansin mé agus an pobal ag teacht inár dtimpeall ó gach aird.

'Agus cuirfidh an tImpire fios ort chun na Róimhe agus bainfear do rí agus do fhlaithiúnas díot agus díbreofar tú go críoch choimhthíoch agus buailfidh an iomad galar agus aicíd tú . . . in aisling feicim seanfhear lofa brocach ina luí ar chíb sléibhe i bpóirthín agus na céadta míle cruimh ag tochailt ina chuid feola agus ag tolladh a chnámh. Tá folt fada liath air, ach tagann gach slam de leis agus é á thochas féin. Níl duine ann le fóirithint air. An rud a théann ina bhéal i bhfoirm bia tagann sé amach i bhfoirm mionna móra . . .'

Scairt sí ag gáirí.

'Agus ceapann tú go mbeidh suaimhneas agat nuair nach mbeidh mise i do ghar! Ná ceap sin, a amadáin! Beidh mé i do ghar! Beidh! Beidh! Agus ní bheidh de chúram orm ann ach a chur i gcuimhne duit ó am go ham gur mar gheall ar an bhean dar thug tú gean uair atá an bhaile sin ort . . .'

Cailleadh í mí ó shin, a Réisín. Níor scar sí liom ariamh ach do mo chrá de ló agus d'oíche. Iontach liom fuath agus éad mná a tréigeadh, a Réisín, a mhic altroma, ach is iontaí liom go mór an saghas fealsúnachta atá acu sa Róimh faoi láthair; suigh anseo in aice liom agus inis dom beagán eile faoi fhealsúnacht na Stóiceach ar ar thrácht tú cheana . . . ach fainic tú féi ar na cruimheanna: tá siad timpeall ort i ngach uile áit . . .

BAINTREACH AN FHÍONA AGUS A MAC

Bliain go leith i ndiaidh bhás Chríost chuir baintreach fúithi sa bhaile beag Betánia atá suas le dhá mhíle taobh thoir de Iarúsailéim. Bhí a teach ar thaobh an bhóthair mhóir atá idir Ierico agus Iarúsailéim, agus thosaigh sí ag díol fíona ann le lucht taistil an bhóthair. Bhíodh an iomad cineál fíona aici, fíon dearg na Gréige, fíon borb meisciúil na hIodáile, i gcóir na saighdiúirí Rómhánach, fíon dúchasach na nIndiacha a bhí géar searbh le haghaidh mhuintir na háite; agus ó bhí an uile fhíon dá raibh aici ar fheabhas ina bhealach féin, ní fada go raibh cáil na baintrí scaipthe ar fud na tíre ón Muir Shalainn ar an taobh thoir go dtí bruach na Mara Móire thiar. D'fheicfeá an saighdiúir Rómhánach ina teach go minic; bhíodh Iúdaigh agus Sírínigh agus Gréagaigh ghlice ann; Arabaigh an fhásaigh lena gcuid camall; ceannaithe ó Thíre agus ón Aifric, agus iad uile gléasta de réir a nósa agus a mbéasa féin. Agus is minic a fhanadh dream díobh aici ar feadh cúpla oíche, iad féin agus a gcuid camall agus a gcuid asal.

Caitheadh cuid mhaith airgid ar an mbaile beag ar an nós seo ach ní mórán bainte a bhíodh ag Baintreach an Fhíona, mar a tugadh uirthi, le muintir na háite. Ní raibh uaithi ach a cuid fíona a dhíol, agus a cuid airgid a ghlacadh go beannachtach de réir dealraimh; ach bhí daoine ar aon teach léi agus bhí a fhios acu nach le fíon a dhíol amháin a chuir sí fúithi i mBetánia cois Iarúsailéim. An fírín beag dubhchraicneach a bhíodh ag déanamh bainisteoireachta di, agus ar ar tugadh an Dall mar leasainm, cé go raibh radharc na súl aige faoin am seo, bhí seisean in ann scéal eile a insint faoi Bhaintreach an Fhíona dá dtogródh sé. Is minic a d'fheictí í féin agus líon a tí ag gabháil bóthair go hIarúsaileim tar éis dul faoi don ghrian; agus bhí corrdhuine ann a bhí in amhras orthu. Dúirt Adáth, fuinteoir a bhí ina chónaí ar aghaidh a tí amach, dúirt sé le Selara an criadóir go gcuirfeadh sé dhá bhuilín déag de sheaneorna Ghalatia in aghaidh dhá árthach den chineál ba mhó a rinne an criadóir go raibh Baintreach an Fhíona agus a muintir ar lucht leanúna Chríost a céasadh ag Calbhaire agus gurb é an fáth gur tháinig sí san áit le bheith in aice le hIarúsailéim; bhí an criadóir cinnte go raibh sé ag dul amú — nach iomaí árthach breá cré a cheannaigh sí uaidh ó tháinig sí san áit agus nár íoc sí go cneasta i gcónaí?

'Bithiúnaigh atá sna Críostaithe seo', arsa an fuinteoir nuair a bhí an dá mhála leathair líonta aige le huisce as an tobar a bhí in aice leis an teach inar chónaigh Máire agus Márta, 'deargbhithiúnaigh atá iontu, adeirim, agus ba chóir iad a ruaigeadh as an tír', agus chroch sé an dá mhála ar dhroim an asail.

Thug an bheirt fhear an bóthar mór orthu féin. D'imigh leo beirt, duine ar gach taobh den asal agus gan focal le rá acu ar feadh i bhfad. Bhí siad ag dul in aghaidh an aird agus bhí teas mór an tsamhraidh ann. Mhothaigh siad an teas go millteach. Bhí spéir ghorm gan néal dá laghad le tabhairt faoi deara inti os a gcionn — spéir chomh gorm le haon dá bhfaca súil fhir riamh; grian mhór bhuí i lár baill na spéire sin agus gan smathamh gaoithe ann lena n-aghaidheanna teo a fhionnuaradh; an talamh ar chliathán an chnoic atá os cionn Bhetánia ina bhalc agus na clocha aoil ag éirí aníos as. Clocha! clocha! clocha! Ní raibh ann ach clocha, cheapfá i dtosach; ní fhaca an bheirt a bhí ag gabháil an bóthar na clocha féin. Bhí a gcinn fúthu ag déanamh an bhealaigh dóibh; bhí a cheann faoi ag an asal; ag féachaint orthu ó bharr an chnoic cheapfá nach raibh san asal agus sa bheirt a bhí lena chois ach bréagáin pháiste a d'oibreofaí le hinneall.

Ba mhór an fonn cainte a bheadh ar an té a dhéanfadh caint a leithéid sin de lá ina leithéid sin d'áit; ba mhór an fear cainte a bhí san fhuinteoir, ach ní déarfadh sé ach an focal 'bithiúnaigh', áfach, bhí an lá chomh te sin, agus bhuaileadh sé an t-asal lena bhois ar an gceathrú; anois agus arís bhuhleadh sé lena dhorn sna heasnacha é, agus chluinfeá an focal 'deargbhithiúnaigh' uaidh.

Bhí foscadh ó theas na gréine acu ar shráid Bhetánia; bhí crainn fhíge agus crainn ola anseo agus ansiúd ar leataobh na slí; an áit nach raibh na crainn bhíodh an fuinteoir ina thost, ach nuair a bhíodh foscadh na gcrann acu is é a chuireadh an chaint uaidh.

'Bithiúnaigh! deargbhithiúnaigh atá iontu!' adeireadh an fuinteoir, 'ach cuirfidh Saul ó Tharsus deireadh leo. Sin é an fear dóibh. Chuir sé an ruaig ar a lán díobh cheana. D'imigh leo thar lear. Ach is deacair a n-aithint. Tá siad glic. Mo mhacsa nó do mhacsa, b'fhéidir go mbeadh sé orthu i ngan fhios . . .'

'D'imigh an t-asal amach ó fhoscadh na gcrann ola agus chuir sin deireadh le caint an fhuinteora go raibh siad ar an bhfoscadh arís.

'Saul ó Tharsus! sin é an fear a chuirfidh deireadh leo, na bithiúnaigh!' arsan fuinteoir. 'Tá sé thoir san fhásach ar bhruach na Mara Salainn ar a dtóir le mí. Na deargbhithiúnaigh!'

Bhí sé faoin ghrian arís. Ag dul ar an bhfoscadh dóibh an athuair dúirt:

'Saul, sin é an fear a chuirfidh deireadh leo. Tá lucht a dtreoraithe i nIarúsailéim go fóill, creidtear, agus níl a fhios cén diabhlaíocht a bhíonn ar siúl acu d'oíche, mura bhfuil a fhios ag Baintreach an Fhíona é. Cén t-ainm atá acu ar an té atá ina cheannaire orthu anois? Fan — chuaigh sé an bealach seo uair i gcuideachta Chríost féin . . . Bhíodh sé ina iascaire tráth dá shaol san Tír Thuaidh . . . Hó! hó! hó! iascaire ina rí'! agus lig an fuinteoir a sheanscairt.

Bhí siad idir teach na baintrí agus teach an fhuinteora

faoin am seo agus, ó bhíodh an crann fíge a bhí ag coirnéal theach na baintrí agus an crann ola a bhí ag coirnéal theach an fhuinteora ag pógadh a chéile os cionn an bhóthair ann, bhí foscadh breá fionnfhuar le fáil acu. Bhain an fuinteoir an t-ualach usice den asal; scaoil isteach i mboth é; d'fhág slán ag a chara an criadóir agus bhí ar tí dul isteach abhaile nuair a chuala sé glórtha uaibhreacha fear chuige ón teach thall. D'iompaigh sé ar a chois agus anonn leis. Ag gabháil thar an táirseach dó chaith sé smugairle uaidh agus dúirt: 'Bithiúnaigh iad, deargbhithiúnaigh'.

Dá bhfanfadh sé scathamh beag eile aimsire chluinfeadh sé an rud adúirt a chara Selara criadóir agus é ag iarraidh a bheith ag cuimhneamh ar na focail: 'Ná cuir úrfhíon borb i seanshoithí ar eagla go bpléascfadh na soithí is go gcaillfí an deafhíon'. Fear déanta soitheach mise. Maith an focal é. Iontach an focal é. 'Ná cuir úrfhíon borb i seanshoithí' — á! dá nglacfaí an chomhairle sin'.

Ní sa seomra a ndeacha an fuinteoir isteach ann a bhí lucht na nglórtha uaibhreach, agus nuair a d'airigh sé an cineál Laidne a bhí ar siúl acu ba léir dó gur saighdiúirí Rómhánacha a bhí istigh agus nach fáilte mhór a bheadh acu roimh Iúdach mar é. Mar sin de, shuigh sé ar a ghogaide cois bhalla an tí; d'éirigh an té úd ar ar tugadh an Dall, rug ar árthach cré, líon le fíon é as mála a bhí déanta de chraiceann gabhair agus thug dó é gan focal a rá. Bhí an áit go breá glan fionnuar i ndiaidh bhrothall na gréine; bhí an fíon go fuar agus go searbh — ó fuineadh arán i dtosach ní dócha go raibh fuinteoir ann nach dtiocfadh aoibhneas ar a chroí ag ól fíona fhuair sheirbh dó lá brothallach agus gan aon ní ag déanamh imní dó, agus tháinig aoibhneas ar chroí Adáth fuinteoir má bhí sé i dteach Críostaí féin.

Níorbh fhada ann é gur bhuail fear eile isteach. Dá bhfeicfí an té seo a bhuail isteach in aon áit ar dhroim an domhain ní chreidfeá gur Iúdach a bhí ann de réir cine, bhí sé chomh hard agus chomh caol agus chomh rua sin.

49

Bhí sé ar leathchluais, agus bhí rian claímh le feiceáil ar a éadan óna bhéal trasna go dtí an áit ar chóir an chluas a bheith. Cheapfá uaireanta ar a iompar, go raibh sé ina shaighdiúir tráth dá shaol ach nár chleacht sé an cheird sin le fada an lá; go deimhin ba mhó an chosúlacht a bhí aige le gadhar a bhuailfí go trom agus go minic le bata ná le saighdiúir Rómhánach ar dhul isteach i dteach Bhaintreach an Fhíona dó. Dá mothódh sé duine ag dearcadh air, laghdódh a dhá shúil agus breathnódh sé i dtreo eile; an páiste ba lú a bhí ag gabháil sráid Bhetánia, dá ligfeadh sé scread air bhainfí preab as.

Bheannaigh sé go faiteach don fhuinteoir agus don Dall a bhí ag freastal, agus bhuail faoi ar an urlár de réir nóis na haimsire. Tháinig an Dall chuige agus soitheach ina ghlaic aige. Shín an duine coimhthíoch a lámh amach le breith air uaidh, ach ar bhreathnú ar an Dall dó, tháinig creathadh ball air agus thit an t-árthach uaidh ar an urlár.

'Is é atá ann thar a bhfaca mé ariamh', ar seisean os íseal agus é corraithe go mór. Labhair sé ar nós duine nár chleacht an chaint le hachar fada.

'Táim cinnte gurb é atá ann', ar seisean leis féin.

Bhí an Dall ar a ghlúine ag glanadh an fhíona a doirteadh nuair a d'éirigh an fear coimhthíoch de phreab, rug greim daingean air, dhearc isteach ina dhá shúil agus tháinig an creathadh an athuair air.

'An mbíteása ag lorg déirce i gcomharsanacht Iarúsailéim tá cúpla bliain nó trí ó shin ann?' arsan fear coimhthíoch.

'Bhínn', arsan Dall.

'Bhí moille radhairc ort an uair sin, nach raibh?'

'Bhí mé i mo dhall'.

D'fhéach an bheirt acu ar a chéile go géar ar feadh scathaimh bhig. Tosaíodh ar cheol a spreagadh ar cúl mar a raibh na saighdiúirí; ceol an neber a bhí ar siúl ann, agus shílfeá go raibh an ceol ag teannadh leat gach nóiméad. Bhí freisin; sa pháirc ar chúl an tí a tosaíodh ar an gceol, ach bhí an ceoltóir ag teacht chuig an teach agus a ghléas ceoil ar iompar aige. Chonaic an Dall é, agus d'aithin. Chuala sé na saighdiúirí á mholadh; dá gcreidfí an moladh úd, níor rugadh ariamh aon cheoltóir a bhí chomh cliste le Saul ó Tharsus. Ach níor chuala an fear coimhthíoch an ceol; ní fhaca sé aon ní ach an Dall a bhí os a chomhair amach.

'An cuimhin leat Aoine áirithe sé nó seacht de ráithe ó shin?' ar seisean. 'céasadh . . . céasadh cime, céasadh cime adúirt go raibh sé ina rí ar Iúdaigh ar Chnoc Chalbhaire. Chuireadh saighead isteach ina thaobh . . .'

Dhearc an Dall ina thimpeall go faiteach imníoch. Bhí sé in amhras ar an bhfuinteoir, ach bhí an duine sin imithe. Bhí sé in amhras ar an bhfear coimhthíoch; ní raibh a fhios aige nach brathadóir a bhí ann.

'. . . cuireadh an saighead trína thaobh', arsan té úd agus gan aird aige ach ar a chuid cainte, 'Thug sé a chuid fola . . . is cuimhin liom an lá go maith . . . Cuireadh an saighead i láimh dhaill a bhí sa láthair, agus is é a rinne an gníomh. Tá an dall úd sa láthair anois'.

'Maith dom é! Maith dom é, a Chríost!' arsan Dall, agus ba dhóigh leat go gcuirfeadh sé anam amach le teann bróin agus aithrí.

'Bhí fear eile ann', arsan fear coimhthíoch gan bacadh le caint an Daill, 'saighdiúir a bhí san fhear sin; fear troda, fear eascaine agus mionn mór, fear drúise a bhí ann; agus thug an té sin bhinéagar de bharr ghiolcaigh don té a bhí ar an gcrois le greann agus le fonóid agus le magadh a dhéanamh faoi . . .'

'Thug! thug! nach minic a chuala mé an scéal ó shin: 'tugadh bhinéagar Dó nuair a d'iarr Sé deoch'; mo bhrón! mo bhrón!'

'An té úd a thug bhinéagar Dó, bhí sé caol ard rua — bhí sé chomh rua gur tugadh an Rua mar leasainm i gcoiteann air — (dhearc an Dall ar cheann rua an fhir eile); bhí sé ar leathchluais (leag sé féin lámh air ar an áit ar chóir dá chluais a bheith); bhí rian claimh ar a ghnúis . . .'

Rug an Rua ar láimh ar an Dall agus chuimil don lot a bhí ar a ghnúis féin í; dhearc an bheirt fhear ar a chéile; d'aithin siad a chéile, agus bhí ina dtost.

Tháinig Baintreach an Fhíona isteach ar an mball aimsire seo. D'fhéach sí ar an mbeirt. D'fhéach an athuair ar an Rua. D'aithin sí é. Thosaigh an ghráin agus an fuath ag gluaiseacht trasna a gnúis ar nós scáil na néalta thar mhuir gheal lonrach. Bhí an Rua ag féachaint uirthi, bhí sé ar tí labhairt léi, ach chaith sise smugairle leis, agus d'iompaigh uaidh. D'iompaigh sí uaidh go tobann; chaith sí an smugairle go tobann; fuair an ghráin agus an fuath an bua uirthi go tobann agus dá hainneoin; is ansin a chuimhnigh sí ar an gcomhairle úd a fuair sí go minic le trí bliana ó thréadaithe a heaglaise, 'maith in aghaidh an oilc'. Tháinig croíbhrú uirthi nár ghlac sí an chomhairle. Rinne sí comhartha ar a héadan, comhartha a cleachtadh go minic ar fud an domhain ina dhiaidh sin, i, Comhartha na Croise.

'A mháthair! arsan Rua.

'A mhic!' arsan bhaintreach agus theann sí léi é.

Is féidir le máthair mórán a mhaitheamh dá haonmhac. Is iomaí drochghníomh a rinne a mac siúd lena linn nár mhaith a mháthair dó gur chuala sí Críost ag teagasc an phobail; ach nuair a chuala sí gur tugadh bhinéagar de bharr ghiolcaigh do Chríost agus É ar an gcrois, níor fhéad sí an té a rinne an gníomh úd a mhaitheamh; agus nuair a chuala sí tuairisc an fhir sin, go raibh sé rua leathchluasach agus rian claímh ar a éadan, bhí a fhios aici gurb é a mac mí-ámharach féin a bhí ann, agus bhí an oiread sin de chumha agus de cheannfaoi uirthi nár lig sí a rún le haon neach.

Bhí ionadh mór ar an Dall. Shíl sé nach raibh rún ag aon Chríostaí nár hinsíodh dá chomhChríostaithe.

'Agus is dearbhmhac duitse an fear seo a thug an bhinéagar do Chríost agus É ag fáil bháis? 'ar seisean leis an mbaintreach.

'Is fíormhac dom é', ar sise. 'Agus is mac altroma liom tusa a shá é'.

'Ach bhí mé dall, bhí mé dall', arsan Dall, 'ní raibh a fhios agam céard a bhí mé ag déanamh. Mhaith Sé dom . . . agus nuair a bhí an dé ag imeacht as, bhreathnaigh Sé go

52

truamhéileach trócaireach orm féin. Chuaigh radharc a dhá shúil isteach i mo shúile dalla féin. A radharcsan atá agam anois', arsan Dall, agus tógáil croí agus meanman agus spride air.

'Agus maithfear duitse, a mhic, má bhíonn aithrí ort', arsan bhaintreach lena mac féin. 'Tá Críost lán de thrócaire agus de ghrá do dhaoine . . . Abair na focail 'maith dom a Chríost, maith dom mo dhrochghníomh, maith dúinn ár ndrochghníomhartha uile'.'

Dúirt an Rua na focail go dúthrachtach i ndiaidh a mháthar. Ansin rug sise ar a láimh dheis agus rinne sí comhartha na croise léi ar a éadan. Rinne sí an athuair é lena mhúineadh.

'Cuirfear faoi theagasc agus baisteofar tú, a mhic,' arsan bhaintreach, 'Beidh Peadar in Iarúsailéim anocht. Rachaidh mé féin agus an Dall chuige le comhairle a ghlacadh uaidh i do thaobhsa. Ach féach leis an gcomhartha a dhéanamh anois — uait féin'.

Thóg an Rua a lámh agus leag ar a bhaithis é.

'In ainm an Athar . . . ' ar seisean.

'. . . agus an Mhic', ar sise.

'Agus an Mhic', ar seisean ina diaidh.

'Agus an Spioraid Naoimh', arsan Rua uaidh féin, agus ansin dúirt an triúr le chéile é.

Tháinig saighdiúir amach as an seomra istigh. Dhearc ar an Rua. Lig a sheanscairt gáirí.

'Dar láimh m'athar san uaigh', ar seisean go hardghlórach', níl agam ann ach an Rua. An Rua mór! An Rua cumasach! Rua na gcomhrac agus na gcath! Rua na mbréag! Rua an ghrinn agus an mhagaidh! Rua na mban! A Rua! A Rua! cá raibh tú leis na blianta uainn?'

Chuaigh sé de léim éasca mheidhreach chuig an doras agus ghlaoigh chuige ar bheirt nó triúr dá chomrádaithe. Bhí an oiread áthais orthu siúd ar an Rua a fheiceáil dóibh is a bhí ar an gcéad fhear. Chuir siad an airde ar a nguaillí é, agus rug siad isteach sa tseomra dá ainneoin é.

Deichniúr fear a bhí sa tseomra roimh an Rua ar dhul

isteach dó. D'aithin sé a bhformhór, agus d'aithin siad é. Bhí beirt fhear nár aithin sé ina suí i gcúinne den tseomra agus iad ag cur cúrsaí an tsaoil trína chéile as Gréigis. Tugadh an-ómós don bheirt úd. Saul a tugadh ar dhuine acu, ar an duine óg gléasta a bhí ina luí go fann tuirseach in aghaigh an bhalla. Bhí adhairt faoina cheann dubh deachumtha catach: cnónna gallda ar mhias lena thaobh. Bhí sé ag caint go mall réidh; anois agus arís chuireadh sé cosc lena chuid cainte le cnó a bhriseadh faoina fhiacla, agus shílfeá gur mhó go mór an tsuim a bhí aige sna cnónna ná sa chaint.

'Tá roinnt mhaith den cheart agat', ar seisean leis an bhfear óg eile agus cnó á choigilt aige, 'níl fealsúnacht dar ceapadh fós nach bhfuil fríd an chirt ina lár istigh. Platón, Socrait, Diogen, Soroaster, agus sa tír mhallaithe seo, na hEssenigh, na Sadduchaigh, na Sicarigh féin a chreideann nach bhfuil aon chaoi ann lena dtír agus lena gcreideamh a fhuascailt ach an scian fhada ghéar a shá i ndromanna a naimhde — bhí an uile dhuine agus an uile dhream díobh ceart má déantar machnamh air. Ní raibh uathu ach iad féin a chur i gcéill. Ní raibh uaitse, a Chaius na dichéille, ach tú féin a chur i gcéill nuair a shíl tú éalú le bean an chomhairleora . . . ach níor éirigh leat . . . díbríodh tú . . . Tá tú anseo anois i m'fhochairse, i bhfochair Saul ó Tharsus, sciúrsóir na gCríostaithe; Saul nach gcreideann in aon ní, — agus cé a cheapfadh ort go raibh gaol gairid agat le Tiberius Mór, Impire an domhain; cé a cheapfadh ormsa atá ag déanamh géarleanúna ar Chríostaithe go greideann mé gach fealsúnacht uaireanta agus nach gcreideann mé aon cheann acu uair eile . . .?'

Chuir an Rómhánach óg isteach air, ach níor chuala Saul é; bhí a dhá shúil ar dhúnadh aige, a cheann ligthe siar in aghaidh na hadhairte agus cosúlacht an tsó ar a ghnúis dhathúil. Bhí sé ag cur de ar feadh an achair.

'Ráithe i bhfásach Iudéa i bhfad ó dhaoine, i bhfad ó leabhair, i bhfad ó mhíneachas! Uch! Ní saol do dhuine mar mise é ar chor ar bith', arsa Saul, 'ach nuair a

shroichfidh mé Iarúsaileim scríobhfaidh mé leabhar
fealsúnachta a thaispeánfaidh . . .'

'Tá mná Iarúsailéim go hiontach breá', arsan
Rómhánach óg; 'tá a súile cosúil le marmar dubh a
thumfaí in uisce Orthannáin, agus a thriomófaí faoi
ghrian an fhómhair'.

'Nuair a shroichfidh mé Iarúsailéim . . . níl a fhios
agam . . .' arsa Saul, ach chuir an fear óg eile isteach air.

'Bíonn a gcneas go bog cumhra agus go sleamhain
slíochta ar nós sróil Tíre; bíonn a nguaillí go crua láidir
dea-chumtha; a gcíocha go cruinn bán agus go lonrach
bleachtmhar, — aoibhinn don mhac, bíodh sé óg ná
bíodh sé críonna . . .'

'Ní ghabhfaidh mé in éadan an leabhair fhealsúnachta
úd go ceann tamaill, a Chaius a chroí . . .' arsa Saul go
smaointeach.

'Is iontach iad iníonacha Iarúsailéim!' arsan
Rómhánach óg; 'is gleoite a gcosa agus a gceathrúna ná
ceathrúna ghaseil na sléibhte; is binne a nglór ná glór
colúir lá earraigh agus is grámhaire . . .'

'Damascus — sea, maidir le Damascus . . . cathair
álainn í go cinnte, a Chaius, ach ní bhacfaidh mé le dul
ann go fóill beag', arsa Saul.

'Is tú fear na céille', arsan duine eile, 'Tá mná
Iarúsailéim . . . mura mbeadh eagla a bheith orm go
bhfaighidh Tiberius bás obann agus go gcuirfí duine éigin
eile ina ionad i mo leabasa, cos ní leagfainn i gcathair na
Róimhe arís go deo'.

D'éirigh Saul. Bhain searradh as féin, agus bhuail an
bheirt ógfhear amach sa pháirc a bhí ar chúl an tí. Bhí an
mhóráil agus an mhórchúis, an postúlacht le tabhairt faoi
deara i siúl na beirte; bhí an dúil sa suaimhneas agus sa só
le feiceáil i siúl Saul ó Tharsus. 'Is cuma liom' nó 'ná déan
faic' a bheadh mar rosc catha ag an té a raibh an siúl sin
faoi, shílfeá, ach bheifeá ag dul amú. Bhí leatharán agus
crainn phailme ar gach taobh de ag síneadh amach ó
dhoras an tí. Bhí an leatharán seo míle ar a fhad agus é
chomh díreach le saighead. Bhí dreamanna beaga

saighdiúirí tuirseacha ina luí go fann faoi fhoscadh na gcrann ard géagach glas; bhí cuid díobh ina gcodladh, cuid eile ina leathdhúiseacht agus duilliúr úr croite os cionn a n-aghaidheanna, cuid eile ag imirt cluiche ar ar thug siad 'scaoil ar an gcarcair mé' i dteanga na tíre. In aice leis an teach, in áit nach raibh aon fhoscadh acu ó theas mór na gréine, bhí triúr fear agus bean óg ceangailte le chéile le slabhraí agus iad ag canadh dánta diaga.

Luigh Saul san fhéar fada faoi bhun crainn fhíge. Chuir sé a dhá láimh faoina cheann le hadhairt a dhéanamh dó féin. Bhí géaga íochtaracha an chrainn ag cuimilt lena shrón beagnach, nuair a lúbadh an crann. Ansin dhéanadh sé iarracht ar bhreith ar chnuasach fíge lena bhéal gan a cheann a thógáil ach nach n-éiríodh leis. Bhí an Rómhánach óg ag féachaint air agus greann ina shúile.

'Beir orthu', ar seisean.

'Róthuirseach', arsa Saul.

Ní dúradh a thuilleadh. Bhí na scáileanna ag dul i bhfad. Bhí an ghrian ag teannadh siar. Bhí smathamh beag gaoithe ag déanamh ceoil i mbarra na gcrann ab airde. Thosaigh éan beag donn ag seinm ar ghéag i bhfogas don bheirt fhear óg, agus meascadh ceol an éin agus ceol na gaoithe agus ceol na gcimí a bhí ceangailte le balla an tí in aon chrónán amháin. Séideadh bonnán thíos uathu sa ghleann. Chonacthas dream beag fear oibre ag déanamh ar theach an chriadóra le hobair an lae a chríochnú. Bhí an naoú uair ann.

Tamall beag ina dhiaidh seo chuala an bheirt ógfhear torann agus glórtha feargacha chucu ón teach, agus chonaic siad dream saighdiúirí agus fear i ngreim acu. 'An Galaitíoch bradach bréan rua úd atá ag tógáil clampair', arsa Saul.

'Cuireann an cine sin gráin orm. Féach mo dhuine: É féin agus a leathchluas agus a cheann rua míchumtha agus a fhéachaint fhaiteach! Uch! Cuireann sé tinneas ar mo shúile, a Chaius, daoine droch-chumtha mísciamhacha a fheiceáil', — dhún sé a dhá shúil agus dúirt, 'Nuair a bheidh tusa i d'impire, a chara, is dócha go gcuirfidh tú a leithéidí chun báis . . . déanfaidh tú ar mo shonsa é, a Chaius, agus déan réiteach idir na hamadáin seo ar mo shonsa anois, mar dá n-osclóinn mo shúile arís agus dá bhfeicfinn an duine gránna úd . . .'

Bhí na saighdiúirí ina bhfochair faoin am seo agus an Rua ina phríosúnach acu.

'Céard seo?' arsan Rómhánach go postúil leitheadach.

Ní raibh uain ag aon duine de na saighdiúirí fáth an achrainn a mhíniú dó go ndúirt an Rua de ghlór mór neamheaglach:

'Críostaí mise. Críostaí mise a thug bhinéagar do Chríost ar chnoc Chalbhaire. Mhaith sé dom. Mhaith Críost Rí an Domhain dom. Maithfear daoibhse, a bhráithre. Maithfear duitse, a Shaul ó Tharsus . . .'

Ní dúirt sé a thuilleadh, chuir saighdiúir a dhorn ina bhéal. D'oscail Saul na súile ar chlos a ainme féin dó, ach má bhí ceaptha aige duine gránna mídhathúil leathchluasach a fheiceáil os a chomhair bhí sé ag dul amú. Is é an Rua míchumtha leathchluasach a bhí ann, ach leis an loinnir ait a bhí ina shúile agus an bheocht neamhghnách a bhí ina ghnúis ní fhéadfaí a ghránnacht a thabhairt faoi deara.

'Maithfear duitse, a Shaul bhoicht na díchéille' arsan Rua nuair a baineadh an dorn óna bhéal.

'Más Críostaí é ceanglaítear ansiúd thall lena chomhluadar é', arsa Saul, agus ní bhéarfaí 'Cuma liom' mar leasainn air an uair sin.

Rinneadh amhlaidh. Thosaigh an Rua agus a chomhChríostaithe ar a gcuid amhrán diaga a ghabháil os ard, ach is beag aird a bhí ag na saighdiúirí orthu; beag aird a bhí ag Saul orthu ach an oiread — bhí codladh ag teacht air.

Bhí ionadh ar an Rómhánach cén chaoi ar fritheadh amach go raibh an Rua ar lucht leanúna Chríost. Ghlaoigh sé chuige ar shaighdiúir agus cheistigh é.

'Bhí sé ag tarraint ar an naoú uair', arsan duine sin, 'agus bhíomar uile ag ól agus ag déanamh grinn nuair a líon ár gcomhluadar an Rua soitheach beag le drochbhinéagar a bhí aige i mála leathair. Ní me an raibh an bhinéagar róghéar dó, ach ar chaoi ar bith, tháinig creathadh agus tachtadh agus riaɔɔradh air. Ní fhaca mé a leithéid de chuma ar aon fhear ariamh. Brón mór a bhí air, shílfeá — sea brón agus aithrí. Rinneadh magadh mór faoi. Dúirt sé nár lig sé lá thairis le bliain nár ól sé bhinéagar ar an naoú uair — an uair a fuair Críost bás ar an gcrois — le maithiúnas a fháil uaidh'.

Ní raibh an scéal críochnaithe i gceart ag an saighdiúir go ndúradh leis imeacht. Bhí socraithe ag an Rómhánach óg dul chuig an gcathair mhór an oíche sin dá mbeadh air dul ann leis féin. Tháinig glór an Rua chuige ar an ngaoth.

'Cuirfear in airde ar chroich mé; cuirfear tairní isteach trí mo lámha; sáifear le saighead mé; feicfidh mé Críost geal breá amárach. Moladh le Dia Mór! moladh le Críost geal breá!'

Tháinig ionadh ar an Rómhánach, ach níorbh fhada gur imigh an t-ionadh sin. Ní hiad na Críostaithe a bhí ceangailte cois an bhalla a bhí os comhair a shúl; ní glór an Rua a bhí ina chluasa; ní hea- mná dubha sciamhacha a bhí os comhair a shúl, mná dubha sciamhacha gona súile soilseacha, gona bhfoilt chíordubha, gona nglórtha caoine grámhara . . .

Dhúisigh sé Saul ó Tharsus.

'Tá mise ag dul go hIarúsailéim anocht', ar sé.

Níor thuig Saul i gceart é, mar bhí an codladh róthrom air. Chroith an Rómhánach go mór é.

'Tá mise ag dul go hIarúsailéim anocht, a Shaul', ar sé an athuair.

'Cuma liom', arsa Saul idir codladh agus dúiseacht dó ach i ndiaidh tamaill duirt Saul go mbeadh sé féin agus a mhuintir ina fhochair.

Maidir le Baintreach an Fhíona, d'fhág sí féin agus an Dall an teach ar an ochtú uair le cuairt a thabhairt ar an gcathair mhór chéanna. An bóthar soir ba chóir dóibh a ghabháil, ach is siar a chuaigh siad i dtosach. Níorbh fhada siar dóibh áfach, gur fhág siad an bóthar, agus ghluais leo go mall righin réidh tromchosach agus a gcinn

fúthu; anois agus arí chuireadh duine den bheirt dán nó paidir uaidh os ard, agus ansin bhídís ina dtost ar feadh scathaimh mhaith. In aice le Bethlem, mar ar rugadh Críost, casadh aoire orthu, agus a thréad amach roimhe.

Caoirigh agus gabhair a bhí aige; na caoirigh beaga bána adharcacha ar a láimh dheis agus na gabhair dhubha ar a láimh chlé, agus iad ag siúl go mall, gabhar i ndiaidh gabhair in aon líne amháin. Bheannaigh sé dóibh in ainm Chríost a d'éirigh ó mhairbh.

Thit an oíche orthu in aice le Bethlem, ach níor chuir sin aon bhac orthu. Ar bharr an droma chnocaigh atá idir Iarúsailéim agus Bethlem a bhí siad nuair a thit an oíche go tobann, agus nuair a d'éirigh an ghealach bhuí thar bharra sléibhe draíochta Mhóab. Tháinig na néaltóga amach, néaltóg i ndiaidh néaltóige, agus chonacthas don Dall go raibh an ceann a threoraigh na Rithe ón Oirthear á dtreorú anois; ach ba dhóigh leis an mbaintreach nach raibh sna baill sholais a bhí os a gcionn ach fuinneoga neimhe Dé. Bhí siad beirt an-ghar do Dhia agus do neamh Dé an oíche sin . . .

Chuala siad gáir thormánach an bhonnáin i gcéin; chuala siad scréach na n-asal fiáin a bhí thoir uathu san fhásach, ach níor chuir aon ní bac leo an oíche spéirghealaí seo, agus níor chuir aon ní cosc lena gcuid dánta diaga. B'fhéidir go bhféadfaí cosc a chur le máthair a bheadh ag coinneál a mic ón mbás, ach an mháthair a bheadh ag iarraidh a choinneál ón mbás síoraí . . .

Thimpeall siad cathair mhór Iarúsailéim. Chuaigh siad thar Ghetsiminí agus tháinig tormán na cathrach chucu ar an ngaoth aniar. Dúirt seanbhean a bhí ina suí in aice leis an ngeata theas leo, gur moladh do na Críostaithe gan féachaint ar dhul isteach mar gheall ar mhuintir na cathrach a bheith ar buile agus ag iarraidh a bheith ag tógáil clampair.

Chonaic siad dream beag saighdiúirí chucu. D'aithin siad an fear a bhí os a gcionn; b'é Saul é. Chuaigh siad féin i bhfolach. D'fhan Saul agus a mhuintir agus a gcuid cimí ar an bplás mór leathan a bhí taobh amuigh den gheata theas go n-osclófaí an geata dóibh. Osclaíodh gan mórán achair, agus siúd amach chucu slua mór Iúdach agus dúil acu i bhfuil aon Chríostaí a chasfaí leo. Chonaic siad na cimí. Rinne siad orthu go fíochmhar. Rinne Saul agus a mhuintir a ndícheall leis na cimí a chosaint ar an slua, ach bhí an slua go mór agus go millteach agus go feargach. Bhí Adáth fuinteoir ar an slua sin, agus nuair a chuala sé na focail a bhí ag teacht ó bhéal an chime ba mhó agus ba rua a bhí ann, shíl sé na focail úd a bhréagnú.

'Cuirfear in airde ar chroich mé; cuirfear tairní isteach trí mo lámh . . . ' arsan Rua, ach ní raibh uain aige ar a thuilleadh a rá gur bhuail Adáth fuinteoir sa bhéal é le cloch mhantach.

Tosaíodh ar na clocha a chaitheamh ansin. B'éigin do na saighdiúirí na cimí d'fhágáil ina ndiaidh agus dul isteach sa chathair le cabhair d'fháil ó na huachtaráin. D'éirigh le duine de na cimí éalú. Lean an slua é. D'imigh na cimí eile, ach amháin an Rua. Bhí seisean ina shuí ar an talamh agus é ag tabhairt a chuid fola. Bhí sé in ann imeacht ach níor thograigh sé é.

'Moladh le Críost! Moladh le Críost mór na Glóire!' ar seisean de ghuth lag.

Tháinig fear ar a chúl. Bhí cloch mhór mhillteach ina ghabhail aige. Leag sé an Rua ar an talamh agus phléasc a chloigeann leis an gcloch mhór.

'Bithiúnach eile ar lár', arsan fear a rinne an gníomh, 'deargbhithiúnaigh iad uile', ar seisean.

Tháinig an bheirt a bhí i bhfolach ar feadh an achair seo amach óna mball folaithe.

'É a chéasadh ar nós Chríost sin a raibh uaidh', arsan Dall.

'Agus ní bhfuair tú mian do chroí, a mhic', arsan Bhaintreach ag cromadh os cionn an choirp.

'Go ndéantar Do thoil ar talamh!' arsan bheirt agus rugadar corp an Rua leo abhaile.

ABA — CÁNA — LÚ!*

I gceann de na seanleabhair staire is ársa dá bhfuil i
dteanga na Síneach tá scéal aisteach le fáil. Is ionann na
focail seo i dteanga na nAibitíneach agus 'a athair dhílis' sa
Ghaeilge. Ag seo iarracht ar an scéal úd a insint i nGaeilge na
haimsire seo:

I

'San áit a bhfuil mórfhásach na Taoi-Sung inniu',
arsa údar an tseanleabhair seo, agus is cosúil, ón gcaoi
agus ón gcuma atá aige ar a sheanchas, gur mó go mór de
mhianach an scéalaí a bhí ann ná de mhianach an staraí;
'san áit a bhfuil mórfhásach na Taoi-Sung inniu', ar
seisean, 'bhíodh cónaí ar chine mór cumasach annalód.
Bhí an tír faoi bhláth an uair sin; bhí an rís agus an t-
arbhar, an caife agus an tae go lánfhlúirseach ann; bhí iasc
de gach uile chineál le fáil sna haibhneacha atá ina
gclaiseanna dóibe teo inniu; coillte móra géagacha faoi
thorthaí éagsúla ar shleasa na gcnoc; an leopard agus an
leon, an gabhar agus an torc sna coillte. Agus sna bailte
móra bhí na mílte gadhar agus muc acu leis na sráideanna
a ghlanadh agus sláinte a thabhairt do dhaoine. Is cinnte
nach raibh aon chríoch eile faoin mbith a bhí chomh
séanmhar leis an gcríoch sin ach tír na Síneach amháin.
'De phór agus de bhunadh na nAibitíneach ab ea an
dream a chónaigh sa chríoch álainn seo; agus ó bhí
seanghráin ag muintir an Phártigh don chine sin, shíl siad

an tír a bhaint amach le láimh láidir. Agus bhain nuair a fuair siad an fhaill; mar ní raibh na hAibitínigh glic ar nós na Síneach. Ní raibh an seaneolas acu, bíodh is go raibh siad cumasach cumhachtach féin. Scriosadh a dtír. Milleadh a gcuid teampall. Loscadh na bailte móra. Fear a bhí in ann saighead a tharraingt níor fágadh. Tugadh chun bealaigh iad lena saol a chaitheamh ina sclábhaithe i dtír an Phártigh. Maraíodh na páistí fir. Na mná amháin a fágadh le clann a thógáil dá lucht ceannsaithe.

'Níor éirigh go maith leo siúd áfach. Bhí na déithe ina n-aghaidh. Bhí na dúile féin go bagrach. Is iomaí fógra a tugadh dóibh, ach níor glacadh iad, mar bhí said borb fíochmhar ceanndána; ní raibh eolas ná gliceas na Síneach acu, ach oiread leis na hAibitínigh féin. Agus i gceann na haimsire chonacthas mórán uafáis sa chríoch. Chuir na déithe cosc le drúcht na hoíche agus le fearthainn an lae. Thriomaigh na haibhneacha. Níor fágadh braon uisce i dtobar. Shearg na crainn. Chríon an fás uile. Thréig na mílte gadhar na bailte móra, a dteangacha fada bána tirme ag titim leo, a súile ar lasadh le lasair na buile, agus siúd ar aghaidh iad ina ndronga uafásacha faoi dhéin na gcnoc ar thóir an uisce. Lean na muca iad, gur fágadh na sráideanna gan glanadh, gur bhris an iomad aicíd agus galar amach i measc na ndaoine.

'Ach bhí fear ar na Pártigh, Aca-Cann ab ainm dó, ardsagart na treibhe ab ea é, agus chruinnigh sé a raibh beo dá mhuintir i dtír na n-Aibitíneach ina thimpeall le comhairle a ghlacadh leo, agus is é an chomhairle a thug sé dóibh, filleadh ar a dtír féin, agus a raibh beo ann de mhuintir na n-Aibitíneach a shaoradh. 'Tá fearg ar na déithe', ar seisean, arsa Aca-Cann, ardsagart, tá fearg orthu faoi rá is nár fhágamar smachtú na n-Aitibíneach fúthu féin. Scaoiltear chucu abhaile iad', ar seisean. Ach ní raibh an pobal sásta comhairle an ardsagairt a ghlacadh. Le láimh láidir a bhain siad an tír amach, agus níor mhian leo a tréigean. Bhí cúrsa an chreasa tugtha os cionn leathchéad uair ag an ngrian ó ghabh siad ceannas na tíre. 'Cad chuige', arsan slua leis an ardsagart, 'nár thug na deithe comhartha dúinn an tír a thréigean roimhe seo? Cad chuige nár iarr siad orainn na hAibitínigh a thabhairt dóibh i dtosach go smachtóidís iad? Fanaimis mar a bhfuilimid', ar siadsan, 'agus coinníodh ár muintir na hAibitínigh faoi smacht'.

'Ach ghéill siad do chomhairle an ardsagairt sa deireadh ar aon choinníoll amháin .i. nach rachaidís thar teorainn na tíre go mbéarfadh na déithe comhartha cinnte dóibh go raibh siad ag déanamh a dtola.

'Chruinnigh a raibh beo dá muintir ar aon ardán amháin taobh amuigh den phríomhchathair. Chruinnigh an bhantracht agus an chlann ann; na láimhdéithe agus na hiodhail; a gcuid asal agus a gcuid maoin shaolta, agus thug siad aghaidh ar a dtír féin.

'Lig siad an chéad oíche thart faoi bhun an tsléibhe ar a dtugtar Nanba inniu, ach ní túisce ina gcodladh iad, tar éis contúirt agus saothar an lae, ná mhothaigh siad an talamh ag crith agus ag luascadh fúthu; chuala siad torann ollmhór mar a bheadh na spéartha ag titim anuas orthu, agus féach! bhrúcht teangacha fada caola tine aníos ó mhullach an tsléibhe, gur theagmhaigh na cinn a b'fhaide díobh leis na néalta, gur múchadh solas na gealaí, agus na réalta, go raibh an gleann leathanmhór ina raibh siad ina ghleann solais. Agus ní raibh aon dá theanga de na teangacha tine seo ar aon dath ar fhágáil mhullach an tsléibhe dóibh; bhí dath faoi leith ar gach uile theanga díobh agus na dathanna uile ag dul isteach in aon dath iontach amháin in uachtar na spéire. Agus leis an solas álainn seo, chonaic an pobal na gadhair agus na muca, na leoin agus na leopaird ag imeacht leo trí choillte an ghleanna; chonaic siad abhainn thine anuas chucu ó mhullach an chnoic — abhainn mhór uafásach a scuab léi a raibh sa bhealach; chonaic siad Aca-Cann ardsagart ar mhullach carraige móire, a bhrat bán ag imeacht leis an ngaoth, a aghaidh tugtha ar na spéartha ag tabhairt ardmholadh do na déithe gur chuir siad in iúl dá mhuintir go raibh siad ag déanamh a leasa. Ach ghabh uamhan a mhuintir; lig siad siúd aon bhéic amháin, agus theith siad . . .

II

Deir an seanstaraí Síneach gur chreid sé féin nach raibh sa sliabh tine seo ach finscéal a chum scéalaithe an Phártigh le hiontas a chur ar a lucht éisteachta, ar nós na scéalaithe uile; 'go deimhin', ar sé, 'ní chuirfinn i mo leabhar ar chor ar bith é, mura mbeadh gur inis mo sheanchara dílis Uncá dom go bhfaca sé a leithéid de shliabh, lena dhá shúil féin, ar an turas a thug sé ar na Críocha ó dheas agus ar Oileáin na Mara Reoite; agus deir Uncá liom nach ndéanann muintir na gCríoch agus na n-Oileán úd iontas ná uafás de na sléibte tine seo, mar is dóigh leis go mbeadh an domhan róthe mura mbeadh go n-éalaíonn an teas amach ar an dóigh sin . . .'

Tá cuntas fada ag an seanstaraí anseo ar imeachtaí a charad. Molann sé ar eolas, agus ar fhírinne, agus ar fhealsúnacht é; ach ós fearr de scéalaí ná de mholtóir é, ní bhacfaidh mé ach lena scéal.

'Má thréig siad a n-ardsagart san fhásach féin', arsan seanstaraí, 'ghlac siad a chomhairle mar bhí an comhartha acu ó na déithe go raibh an ceart aige. Ar shroichint a dtíre féin dóibh, chuir siad na ríthe agus na taoisigh faoi gheasa go scaoilfidís saor a raibh beo de na hAibitínigh le go smachtódh na déithe iad ar a mbealach féin. Ach ní raibh beo den drong úd a gabhadh sa chogadh ach aon tseanfhear amháin, agus bhí seisean beagnach dall ó bheith ag obair faoi thalamh sa mhianach ó sholas na gréine. Tugadh aníos go barr talaimh é. Cuireadh bláthfhleasc álainn ar a mhalaí, agus éadach bán síoda, den chineál a chleachtadh na ríthe, ar a dhroim, le go mbeadh a fhios ag gach aon duine go rabhthas ar tí íobairt a dhéanamh de do na déithe. Ar a bheith gléasta do, cuireadh in airde é, ar charbad a raibh ocht ndaimh bhána faoi, agus naoi naonúir maighdean ina dhiaidh. Chruinnigh na sagairt agus na draoithe timpeall ar an gcarbad ríoga seo, trilseáin ina lámha agus iad ag canadh amhrán diaga os a chionn. Ghluais an carbad agus na sagairt. Lean na maighdeana iad. Tháinig an pobal uile ina ndiaidh siúd; an bhantracht agus an chlann i dtosach; na rithe ina ndiaidh; fir mhóra chogaidh faoina gcuid arm ar deireadh.

'An seanfhear leathchaoch a bhí in airde ar an gcarbad níor thuig seisean cén fáth dóibh é a thabhairt aníos ó bhroinn an talaimh lena chur in airde os comhair an tslua. Ní raibh a fhios aige cad chuige go raibh siad ag canadh ceoil agus amhrán ina thimpeall, ach bhí ceaptha aige gurbh é an chaoi go raibh an bua faighte ag a mhuintir féin orthu, agus go raibh siad á mholadh agus á shaoradh ón sclábhaíocht le heagla rompu.

'Bhí an bharúil seo níos láidre aige ar shroichint teorainn na n-Aibitíneach don mhórshlua, mar tugadh anuas den charbad é, léadh tuilleadh amhrán diaga os a chionn, agus ligeadh chun bealaigh é agus gadhar mór á threorú.

'Ach d'fhan sagairt agus draoithe agus rithe an Phártigh ar ardán ar theorainn an dá chríoch ag moladh na ndéithe, go raibh an seanfhear agus a ghadhar as amharc.

'Maidir leis siúd rinne sé an bealach go maith i dtosach. Thug sé faoi deara go raibh se ina thír féin. Chonaic sé sliabh mór Nanba ar a láimh dheis. Bhí an abhainn, agus an gleann ina mbíodh a áit chónaithe, ar a aghaidh amach. Shíl sé nach mbeadh sé i bhfad go gcasfaí duine éigin dá mhuintir leis. A n-aithneoidís é? Céard a dhéanfadh na fir throda nuair a chloisfidís an drochíde a tugadh dó i dtír an Phártigh? Nach ag a bhean a bheadh an fháilte roimhe? Agus a mhac — ba chóir dó a bheith ina fhear mór anois. Cé mhéid bliain a chaith sé faoi thalamh? Shíl sé a gcomhaireamh, le go mbeadh a fhios aige cén aois a bhí ag a mhac ach níor éirigh leis. Ní raibh ann ach malrach nuair a d'fhág sé féin an baile, agus is malrach a bhí ann fós dá mb'fhíor don phictiúir a bhí os comhair a shúl. Bhí croí an tseanfhir éadrom ag cuimhneamh dó ar an saol a bhí le teacht, agus é i measc a ghaoil.

Bhí titim na hoíche ann nuair a shroich sé an abhainn. Bhuail sé faoi ar thulchán, agus scaoil sé an gadhar mar bhí tart air. Ach baineadh geit as nuair a chonaic sé gur ag siúl ar an abhainn a bhí an gadhar. Níor chreid sé a dhá shúil. D'éirigh sé. Leag sé cos ar an áit ar chóir don uisce a bheith, ach ní uisce a bhí ann, ach mar a bheadh dóib dhubh agus teas agus gail ag éirí aníos aisti. Chuaigh an ghail seo ina shrón agus ina bhéal agus dóbair dó titim. Is ansin a thug sé faoi deara nach raibh duilliúir ar na crainn a bhí lena ais; go raibh an féar féin feoite, bíodh is go raibh tús an tsamhraidh ann.

'Ghlaoigh sé ar an ngadhar. Níor tháinig sé sin chuige; chonaic sé ag imeacht le buile tríd an ghleann é. Chuir sin ionadh mór air, agus ó bhí an oíche ann faoi seo, chuaigh sé isteach i scailp go mbeadh dreas codlata aige. Ní túisce a dhún sé a dhá shúil ná chuala sé glór i bhfogas dó. Cheap sé i dtosach gur ag brionglóidigh a bhí sé, ach níorbh ea. Chuala sé an athuair é:

'Aba-Cán-Lú! Aba-Cana-Lú!' faoi dhó de lag-ghlór a raibh binneas an domhain ann. D'éirigh an seanfhear de phreab.

'Patan-Lú! Patan-Lú** ar seisean ina sheanbhéic ag tabhairt freagra ar an nglór. A mhac féin a bhí ann, ba dhóigh leis. An gadhar a threoraigh chuige é. Bhí sé ó bhaol sa deireadh. Bhí sé i measc a mhuintire.

'Patan-Lú! Patan-Lú! ar seisean d'ard a ghutha, agus a dhá láimh sínte amach uaidh go mbéarfadh sé ar an mac úd nach bhfaca sé le blianta, go bhfáiscfeadh sé lena chroí é. Ach níor fháisc, bíodh is gur chuala sé an glór arís, agus é ag imeacht uaidh mar a shíl sé. Ag imeacht uaidh a bhí sé; ag imeacht uaidh, i gcónaí 'gcónaí, agus ag dul i laige de réir a chéile.

'Bhain sé as ina dhiaidh. Dá n-éalódh an mac uaidh agus é i ngreim ann beagnach! Thar an abhainn dóibe, agus tríd an choill thall, agus thar an machaire atá ar an taobh thall di is ea a chuaigh sé. Agus d'imigh leis i ndiaidh an ghlóir chomh tréan is a bhí ann, bíodh is go raibh an féar feoite géar ag gearradh a chosa agus an boladh a bhí ag éirí aníos as an talamh san áit a raibh an fás a lobhadh ag dul ina pholláirí. Anois agus arís cheapadh sé go raibh sé ag teacht suas leis an té a bhí ag glaoch, agus ansin ghlaofadh sé féin.

' 'Patan-Lú! Patan-Lú!'

'Ach ó bhí sé éirí tuirseach cheap sé a scíth a ligint. Nach bhfeicfeadh sé a mhac sa bhaile ar maidin? Cén mhaith dó é féin a mharú ar an anchaoi seo? Bhí sé ar tí bualadh faoi ar an talamh te tirim agus cead imeachta a thabhairt don té ar leis an glór, nuair a thug sé faoi deara gur ar an ard a bhí os cionn a thí féin a bhí sé. Marach an oíche a bheith ann, agus na súile a bheith go lag tinn aige, d'fheicfeadh sé an deatach ag éirí aníos os cionn na gcrann ard pailme, is dócha. Rinne sé ar an áit a mbíodh an t-áras; ba léir dó le solas na gealaí a bhí ag éirí os cionn na gcrann nár chónaigh aon duine ann le fada an lá. Bhí neantóga sa doras ann, agus fiaile de chineál gránna, agus féar ard sa chasán.

'Thit a chroí air.

'Ach céard sin? An glór arís! Ghlaoigh sé féin. Bhéic sé. Lean sé an glór arís, agus an glór ag imeacht uaidh mar a shíl sé. É ag dul i laige agus i laige. Eisean ag géarú ar an siúl, agus ag glaoch ó am go ham: 'Patan-Lú! Patan-Lú!' gur thit sé sa deireadh le tuirse agus le heaspa anála.

III

'Bhí an lá ann nuair a d'éirigh sé. Na céadta cág feola a bhí ag scréachadh agus ag foluain os a chionn sa spéir a dhúisigh é. In aice leis bhí conablach a bhí á phiocadh acu; chuir a ngoba fada cama, agus a súile beaga dearga santacha eagla air. Ba bheag leis na héin fhiochmhara sin é a alpadh ina bheatha. D'imigh leis agus súil aige go bhfaigheadh sé bia agus deoch in áit éigin. Ach ní bhfuair. Ní raibh bia le fáil ag aon ainmhí sa bhánfhásach sin, ach ag an gcág feola agus ag an madra allta a shlogfadh salachar ar bith. Agus anseo agus ansiúd ar fud an mhachaire, chonaic sé na carnáin chnámha san áit a thitfeadh an duine nó an beithíoch . . .

‘ 'Aba-Cána-Lú! Aba-Cána-Lú' arsan glór aris. An glór úd a bhí á mhealladh isteach san fhásach. Glór a mhic mar a shíl sé. Faoi bhun sceiche cumhra a bhí sé nuair a chuala sé an uair seo é, ach bhí sé rólag róthuirseach róthugtha le freagra a thabhairt air. Ní raibh ann éirí. Ní raibh ann súil féin a oscailt. Is ar éigin a bhí a mhothú ann, ach bhí na focail úd, 'Aba-Cána-Lú', ag déanamh ceoil ina chluasa, bíodh is go raibh an bás féin ag teannadh leis. Ach sular imigh an t-anam uaidh, d'oscail sé a dhá shúil agus chonaic sé go glan soiléir an phearóid a bhí in airde ar an gcraobh agus na focail, 'Aba-Cána-Lú! Aba-Cána-Lú!' á gcanadh aici! Agus mura mbeadh na súile a bheith go lag tinn aige, d'fheicfeadh sé na mílte cág feola chuige anoir, agus iad go craosach fíochmhar ocrach . . .

'Ba í an phearóid seo a mheall an seanfhear isteach san fhásach lena glór, an t-aon ní beo a bhí in ann teanga na n-Aibitíneach a chanadh nuair a fuair an seansclábhaí bás faoi bhun na sceiche; agus', arsan seansaoi Síneach i ndeireadh a sheanchais, 'agus ní bheadh a fhios againn inniu', ar seisean 'go raibh a leithéid de chine ná a leithéid de thír álainn ann ariamh mura mbeadh go bhfuil a dtuairisc inár leabhair'.

*Is ionann na focail seo i dteanga na n-Aibitíneach agus 'a athair dhílis' sa Ghaeilge.

**‘A mhaicín dhílis' inár dteanga féin.

70

CLEAMHNAS SAN OIRTHEAR

Is dócha gur seanghnás é an cleamhnas, ní hé amháin in Éirinn agus i measc na gCeilteach, ach i dtíortha i bhfad i gcéin. An té atá ar lorg mná, is ábhar grinn é i gcónaí — ní mé faoin mbith cén fáth — agus b'éigin dom gáirí a dhéanamh an oíche faoi dheireadh nuair a rug mé ar an seanleabhar Síneach a thug mo dhearthair a bhíodh ina mhairnéalach tráth sa domhan thoir abhaile leis, agus nuair a léigh mé an scéal seo atá i mo dhiaidh. B'éigin dom é a Ghaelú roinnt ar eagla nach dtuigfí na sean-nósa coimhthíocha, ach níor bhac mé le cnámha an scéil, mar bhí mianach an scéalaí sa seanúdar Síneach.

I

Bhí rí cumasach ar thír an Phártigh uair. Cann-Aman ab ainm do. Agus bhronn na déithe mórán beannachtaí ar Chann-Aman; thug siad ciall mhór dó, staidéar agus géarchúis thar mar a tugadh d'aon fhear eile a mhair lena linn. Bhí sé chomh géarchúiseach fadbhreathnaitheach sin is nach ndearna sé gáirí le cuimhneamh na ndaoine ba shine ina ríocht. Na comhairleoirí a chruinnigh sé ina thimpeall, bhí siad críonna ciallmhar ar a nós féin, agus chuir siad dlithe géara pianmhara i bhfeidhm le cosc a chur le haos ceoil, agus le lucht rince agus le geocaigh thaistil. An té a rinne gáirí ar an mbealach mór, bhí air caipín buí a chaitheamh go ceann ráithe! An té a chas amhrán, ach amháin amhrán ag moladh déithe na tíre, bhí air mionn phráis a chaitheamh go deireadh na míosa sin. Ach an fear rince agus an geocach taistil — ní raibh an chroch sách dona dóibh siúd. Mo léan! gan dlithe ciallmhara mar iad i dtír na Síneach . . .

Bhí iníon ag Cann-Aman. Bhí an iníon seo go hálainn. Dúirt mo mhac féin liom go raibh; dúirt sé go raibh sí chomh gleoite cumtha leis an eilit, chomh sciamhach leis an gcrann úll ar theacht an earraigh, go raibh a dhá súil ar nós . . . file agus leannán a bhí i mo mhac le linn a óige, ach tháinig ciall chuige ó shin. Fear áirimh agus réaltóir atá ann anois, agus is gile agus is áille leis na réaltóga ba shuaraí ná súile na mná ba bhreátha dar mhair ariamh.

Bhí filí i dtír an Phártigh, agus bhídís ag ceapadh dánta agus amhrán ag moladh na hiníne, ach ar eagla an rí agus a lucht chomhairle ligidís orthu féin gur ag moladh na mbandéithe a bhídís. Tá roinnt den fhilíocht seo agam i mo leabharlann, agus cuireann sé gráin agus drochmhisneach orm nuair a smaoiním ar an dea-chaint, agus ar na focail bhríomhara bhorba, agus ar na ráite dea-chumtha snasta a lig siad amú ag moladh mná! Nach le déithe a mholadh a tugadh an chaint do dhaoine i dtosach? Mura mbeadh faitíos na ndlithe uasal Síneach chaithfinn na leabhair ráiméiseacha seo isteach san abhainn . . .

Ní bhacfainn le hinsint do mo chomh-Shínigh cén lear mór rithe agus clann rithe a bhíodh ag triall ar áras Chann-Aman ag iarraidh na hiníne uaidh, ach amháin gur mian liom baois na bPárteach agus na gcoimhthíoch eile a nochtadh dóibh. Bhí bóthar leathan os comhair an tí amach, agus dúirt mo mhac liom nach raibh aon lá sa bhliain nach ngabhfadh rí coimhthíoch agus a shlua an bóthar sin, agus súil ag gach rí díobh go gcuirfeadh Cann-Aman fios air, agus go dtabharfadh sé an iníon dó. Ach ní raibh baol ar Chann-Aman a leithéid a dhéanamh. Bhí aithne aige ar a lán díobh. Ní daoine staidéartha a bhí iontu — mura mbeadh gur rithe iad bheadh ar chuid acu an caipín buí a chaitheamh . . .

Bhí an iníon álainn ag dul in aois faoin am seo. Ba róbhaolach nach bhfaigheadh sí fear céile oiriúnach ar chor ar bith, agus tá a fhios ag an saol gur mhór an náire iníon rí a bheith gan chéile. Chruinnigh an rí na comhairleoirí uile le chéile. Bhí na hardsagairt agus na saoithe agus na leá ar an gcomhdháil sin. Bhí Cann-Aman ann, agus é go dorcha duairc dúthrachtach, mar ba chóir do rí a bheith. Chuir siad impí ar a ndéithe cuidiú lena saothar mór. Chaith siad trí lá agus trí oíche ina dtroscadh sular labhraíodh focal. Ní fir chainteacha a bhí iontu ar aon tsaghas chuma. An t-ardsagart a labhair i dtosach, agus labhair sé go réidh agus go mall agus go smaointeach agus an chuideachta uile ag slogadh na bhfocal a tháinig amach as a bhéal. Bhí giolla sa láthair agus ní raibh de ghnó air ach aire a thabhairt do ghloine na n-uaireanta. Ar a bheith críochnaithe don ardsagart, rug an giolla seo ar ghloine na n-uaireanta agus chuir i dtreo í, agus ní raibh cead ag aon neach labhair arís go raibh an gaineamh ag tóin na gloine, ach iad uile ag machnamh ar bhriathra an ardsagairt. An rí féin, Cann-Aman cumasach, an chéad duine eile a labhair. Caint chrua ríoga a dúirt sé nár tuigeadh go rómhaith. D'iompaigh an giolla an ghloine ar a bheith críochnaithe don rí. I gceann uaire eile, labhair fear — fear a raibh cáil mhór air, ar mheabhair agus ar thuiscint, ach níor éirigh leis siúd an cheist mhór a réiteach. Nuair a bhí a chaint siúd ráite aige, agus gloine na n-uaireanta i ngreim ag an ngiolla lena iompó, chuala siad uile an fothram agus an gleo mór taobh amuigh den áras ríoga. Bhí an domhan mór fear bailithe ann ó thosaigh an chomhairle, agus iad ag feitheamh le scéala go foighneach. Ach céard a bhí ar siúl acu anois? Cén fáth an tormán? An ar buile a bhí an slua? Thit eagla ar a raibh cruinnithe i dteach na comhairle mar chuala siad gach scairt gháire ab airde agus ba ghile ná a chéile ón slua mór. D'éirigh an rí mór, Cann-Anam cumasach ina sheasamh. Bhí fearg na ndúile ina ghrua uasal. Ní raibh

73

74

croí i gcliabh fir dá raibh i dteach na Comhairle a phreab ar feadh scathaimh bhig aimsire, ach dath an bháis mhóir ina n-aghaidheanna. Tháinig gáir ghrinn agus áthais ó na mílte scornach taobh amuigh. Cluineadh amhrán — amhrán a raibh greann agus magadh agus meidhir mhíchuiosach ann — ó dhuine éigin. Bhí an chroch agus na buataisí iarainn theo tuillte ag an duine sin. Ó! a Shínigh aoibhne, ní féidir libh a thuiscint cén choir mhór mharfach a bhí á déanamh os comhair an rí chumasaigh ar a dhul chuig an bhfuinneog dó. Bhí an slua mór sna trithí, agus iad bailithe timpeall ar fhear ard dubhghnéach foltchas, a bhí ag canadh amhráin ghrinn agus ag baint gach cor agus gach casadh as a bhéal agus as a shrón; féachaint dar thug an fear dubhghnéach in airde chonaic sé an rí agus a lucht comhairle ag an bhfuinneog faoina gcuid éadach dubh comhairle. Chonaic an slua an rí. Tháinig scáth orthu. Chonaic an fear dubhghnéach an rí ach níor tháinig aon scáth air siúd. Ní dhearna sé ach a dhá chluais a chorraí ar nós asail óig mheidhrigh mhíchéillí! Chuala an rí, agus na comhairleoirí uile, duine ag gáire go geal agus go háthasach ag fuinneog eile den ríbhrú. Aithníodh an gáire sin. An iníon álainn a rinne é! An giolla a bhí ag freastal ar an lucht comhairle, chonaic seisean céard a bhí ar siúl ag an bhfear dubhghnéach agus phléasc sé. Cuireadh scian fhada ina chroí ar an mball.

Tugadh an coirpeach, an fear dubhghnéach isteach i láthair na comhairle, ach ní túisce istigh é ná go ndeacha sé de léim éasca ar an gclár fada a bhí i lár an tseomra. Thosaigh sé ag siúl ar an gclár ach — ó! ní chreidfidh sibh uaim é, a Shínigh aoibhne — is ar a dhá láimh a bhí sé ag siúl agus na cosa in aer aige! Ní raibh neach dá raibh ann in ann cor a chur de lena chosc, bhí an oiread sin den uafás agus den náire orthu. D'éirigh an fear dubhghnéach ina sheasamh ar a chosa. Siúd chuig an rí féin é, chuig Cann-Anam cumasach. Rug sé ar shrón air, agus thosaigh á chasadh agus á lúbadh go raibh cuma na gealaí nua uirthi. Ní feidir leis an leon ná leis an leopard cor a chur de nuair a bhíonn súile nathrach nimhe

sáite ann. B'fhearacht don chuideachta seo é. Mo náire!
mo náire shaolta! An rí mór cumasach léannta agus
geocach i ngreim sróine ann! Mo chreach agus mo
dhubhrón go dtiocfadh sé sa saol go mbeadh ormsa, go
mbeadh ar Cheo-bhó, an gníomh fiornáireach seo a
aithris! Ach beatha staraí an fhirinne . . .

Dúirt mo mhac liom — an mac úd atá ina réaltóir
anois agus ar ghile leis na réaltóga ná súile na mban —
dúirt sé liom go bhfaca an fear dubhghnéach an iníon
álainn ag an bhfuinneog agus í go dubhrónach doilíosach,
sular thosaigh sé ar a chuid cleasaíochta, agus nach
dtosódh sé mura mbeadh í, nach riabh uaidh ach sult a
bhaint aisti. File agus leannán a bhí i mo mhac le linn a
óige agus tá scil mhór aige sna nithe seo; tá eolas mór
aige ar an saol, ar fhir agus an mhná agus ar a mbealaí,
bíodh is nach bhfuil suim aige in aon ní anois ach sna
réalta . . . Ar chaoi ar bith, nuair a tháinig a mothú agus a
meabhair chuig an lucht comhairle chonaic siad an iníon
álainn ag an doras agus suairceas ina grua!

Rug an lucht freastail ar an bhfear dubhghnéach, agus
chuir siad faoi ghlas agus céad é, i ngéibheann faoi
thalamh go socrófaí cén bás ar chóir a thabhairt ar a
leithéid de dhuine. Rugadh ar an iníon álainn freisin, agus
sádh isteach i seomra in uachtar an árais í, go dtiocfadh a
ciall féin chuici, agus go réiteoifí an cheist mhór a bhí ag
cur imní ar chomhairleoirí an rí. Ansin shuigh an
chomhairle chun gnó an athuair, ach bheadh a fhios ag
duine meabhrach nárbh í an chomhairle chéanna anois í.
Ó am go ham cheap an rí go mbrisfeadh miongháire ar an
gcomhairleoir ab óige dá raibh ann, ach ní chreidfeadh sé
a shúile. Ba dhóigh leis gur draíocht a cuireadh air. Agus
bhí an bharúil cheanann chéanna ag an ardsagart i
dtaobh súl an rí. Bíonn ceapadh ag na Pártigh agus ag
ciníocha coimhthíocha aineolacha eile nach iad, a Shínigh
aoibhne, go mbíonn an draíocht seo ann . . . dúirt mo
mhac liom — an mac úd atá ina réaltóir anois — dúirt sé
liom gur bhris miongháire ar chomhairleoir óg ag an
gcomhairle seo, agus bhí aithne aigesean air le linn a óige i

dtír an Phártigh. Agus tá scil mhór ag mo mhac sna . . .

Dhá lá eile a bhí an chomhairle ina suí; agus i gceann na haimsire seo shocraidh siad ar an dá chomhairle seo; an bás ba mhilltí a d'fhéadfadh an t-ardsagart a cheapadh dó a thabhairt don choirpeach, don fhear dubhghnéach, agus teachtairí a chur amach ar fud na gcríoch uile, ó bhoird na Mara Reoite go hOileáin an Oirthir, le fear d'fháil a bheadh in ann smacht a chur ar an iníon álainn, a bheadh in ann an sult náireach agus an suairceas mícheillí a bhaint aisti!

II

Tá an-chuid cainte ag an seanúdar Síneach faoin teachtaireacht seo a cuireadh amach ar fud na gcríoch le céile oiriúnach d'fháil don Iníon Álainn.

Na daoine a bhí ar an teachtaireacht, na tíortha ina raibh siad, na hiontais a chonaic siad, na ciníocha agus na hainmhithe éagsúla a casadh leo ar an turas — na sléibhte tine, na farraigí reoite, na haibhneacha dóibe, na seanteampaill inar hadhradh déithe do-aithnide, tá cuntas iomlán beacht aige orthu uile ina leabhar; ach ós rud é nach mbaineann siad le scéal an chleamhnais ní bhacfar leo anseo.

Bhí a mhac ar an teachtaireacht, ar ndóigh; ach bíodh cead cainte ag an scéalaí féin:

Bhí siad uile ceaptha filleadh abhaile (ar seisean) nuair adúirt mo mhac leo go raibh tír shaibhir, tír chumasach taobh thall de mhórfhásach na Taoi-Sung, réigiún ina raibh rithe agus móruaisle a sháraigh a bhfaca siad ariamh de rithe ar mhaoin, agus ar cháil, agus ar éirim aigne. Ach bhí eagla ar na seanóirí an mórfhásach a thrasnú. An fásach millteach gainmheach buí sin! an fásach draíochta sin a mheall na mílte isteach ann gan filleadh i ndán dóibh! an fásach uafásach sin a bhí gan luibh gan lus, gan duine gan ainmhí, ach na carnáin chnámha thall agus abhus agus iad ag scáineadh faoin

77

ngrian! an fásach úd inar mhair na hAibitínigh tráth den saol, an cine úd a scuabadh de dhroim an domhain!

Ní hionadh é go mbeadh eagla ar na seanóirí dul thar an bhfásach seo; ach mo mhacsa — é siúd a bhí ina fhile tráth — bhí seisean ina measc, agus ghríosaigh sé iad chun gluaiseachta.

D'imigh leo, iad féin agus a gcuid asal agus a gcuid camall agus a gcuid gadhar dubh tanaí, agus a gcuid capall bídeach tromchosach, gur shroich siad teorainn an fhásaigh. Ansiúd, ar imeall an fhásaigh, chuaigh siad uile ar a nglúine agus an ghrian ag dul faoi, agus chuir siad na mílte impí ar a ndéithe iad a thabhairt slán. Bhí an t-ardsagart ann, a shúile ar lasadh, a fhéasóg fhada bhán le gaoth, agus na focail bheannaithe ag teacht óna bhéal ina srutha meara; na teachtairí eile, idir íseal agus uasal, idir ghiollaí agus mhaithe, cromtha leis an talamh, agus dánta diaga á gcanadh acu; an lia óg, é siúd ar ar tháinig an gáire ar fheiceáil an gheocaigh dó, agus mo mhac féin, bhí siad i bhfochair a chéile ann. Bhí croí trom tuirseach i ngach cliabh ag dul isteach san fhásach millteach dóibh, mar ní raibh a fhios ag aon duine cén chinniúint a bhéarfadh orthu ann. Ní raibh a fhios cé na mná a bheadh ag géarghol i dtír an Phártigh, cé na páistí a bheadh ina ndílleachtaí gan mórán aimsire. Ach bhí orthu an turas a thabhairt; bhí orthu céile oiriúnach a sholáthar d'iníon an rí chumasaigh, d'iníon Chann-Aman, nó bheidís uile náirithe go broinn an bhrátha. Aoibhinn liom a ndúthracht agus a ndílseacht agus a misneach, a Shínigh áille.

Ach is fiorbheagán den tslí a bhí curtha díobh acu, gur ghabh ocras mór iad. Bhí ar uachtaráin na teachtaireachta na giollaí a choinneál ó bheith ag síoralpadh an bhia. An gaineamh agus an dóib agus an chré dhonn dhóite a bhí thart timpeall, chuiridís ina mbéal é, agus bhídís á chogaint. Ghabh ocras na huachtaráin féin, ach ní ligfidís orthu é. Chuaigh an t-ardsagart ar leataobh, agus bhain greim as bróg leathair a bhí ar a chois! Thit fear an dara lá, agus fágadh mar ar thit sé é; ní raibh duine ann a mholfadh dóibh an corp uasal daonna a

thabhairt leo; bhí a ndóthain eile ar a n-aire; agus ar
dhearcadh ar a gcúl dóibh ar maidin, chonaic siad
scamall cág ag déanamh ar a chorp . . . Thit fear eile leis
an ocras. Ach má thit níor bacadh leis. Agus fear eile
agus fear eile; agus nuair a bhíodh an scamall cág réidh
leis an gcéad chorp, d'ionsaídís an dara ceann agus an
tríú ceann, agus iad ag leanúint na teachtaireachta ar
feadh an achair . . . an teachtaireacht dearóil tnáite sin!
Scréachaíl na gcág ina gcluasa, solas draíochta á
mealladh i lár an lae ghléghil, bailte áille agus ríbhrúnna
uaisle le feiceáil acu sna spéartha, crainn ag cromadh faoi
mhórualach toradh, toibreacha fíoruisce — uisce! uisce!
dá mbeadh braon acu!
   Bhí siad uile i ndeireadh na ndéithe. Ní raibh i ndán
dóibh ach an bás, an bás millteach. Ba léir don uile fhear
dá raibh ann go raibh sé ag teannadh leo go réidh socair
le coiscéimeanna malla cúramacha. Bhí cuid acu ann,
agus chonaic siad é ina chló agus ina phearsa, agus nuair
d'iarr an t-ardsagart orthu uile cabhair a iarraidh ar na
déithe, na daoine seo a chonaic an bás i bpearsa, ní ar na
déithe a bhí siad ag guí ach ar an mbás. Ba ghearr an t-
achar go bhfaca an t-ardsagart féin é. Chonaic cách é.
Chonaic cách an fear ard dubhghnéach a bhí ag déanamh
orthu. Bhí dubhrón agus doilíos an tsaoil ina aghaidh,
ach má bhí féin cheap mo mhac go raibh an-chosúlacht
aige leis an ngeocach úd a cham srón rí an Phártigh, a
cham srón an rí chumasaigh Cann-Aman, ach ní raibh sa
cheapadh sin is dócha ach ceapadh ocrais . . .
   An bás a theacht ar dhuine i lár fásaigh! Gan do
chnámha uaisle a bheith i bhfochair cnámha do shinsir, a
Shínigh aoibhne! Ó! bhó! bhó!
   Labhair an fear ard:
   'A Phártigh, leanaigí mise', ar seisean.
   Níorbh eol do neach dá raibh i láthair an i dtír na
marbh a bhí siad nó nárbh ea. Níorbh aoibhinn le neach
dá raibh ann a thuilleadh aithne a chur ar an bhfear ard
dubhghnéach a casadh leo. Tháinig cineál lagair agus
tromluí ar a bhformhór le neart a n-uafáis roimh an

bhfear ard coimhthíoch.

Ach threoraigh seisean iad; shéid sé stoc agus tháinig a mhuintir chuige, dhá fhear déag acu agus an feisteas céanna orthu is a bhí air féin .i. brat fada dubh go glúine, buataisí adhmaid, hataí gorma ciumhais leathana, slabhra práis faoi chom gach fir díobh, agus mionn airgid faoina muineál acu, agus an mionn sin ag soilsiú faoi sholas na gealaí.

Thug an fear ard an teachtaireacht leis gan mórán cainte a chailliúint. Go ríbhrú uasal bán ar a raibh na céadta spíríní ag gearradh na spéartha a thug sé iad; nuair a tháinig a gciall agus a mothú chucu i dtosach, ba dhóigh le gach duine gur i mbrú na marbh a bhí siad. Ach ba róghearr gur thug siad faoi deara nárbh ea. D'aithin siad béasa na ndaoine. I gcríocha Lú-Cúsa a bhí siad. B'é Lú-Cúsa féin an fear ard a threoraigh agus a shlánaigh iad. Agus ansin thug siad moladh do na déithe a d'fhóir orthu in uair a ngá. A Shínigh aoibhne, tugaigí moladh do na déithe i gcónaí, agus ní chlisfidh siad oraibh. Ní éiríonn lá agus ní thiteann oíche ar mo mhacsa nach . . .

Níl aon chur síos ar mhórgacht, ná ar ghradam an ríbhrú seo ina raibh siad. Bhí comhairleoirí agus lucht freastail ann, draoithe agus saoithe ileolacha, maighdeana mánla faoi ghréasbhratacha iomad-dathacha, agus iad ag canadh dánta le hadhradh a thabhairt do na déithe; bhí buachaillí bídeacha dubhchraiceannacha ann ag freastal ar shaoithe an eolais; bhí mogha ann idir fhir agus mhná, agus ba dhóigh le mo mhacsa ar a bhfeisteas gur lucht grinn agus suilt iad, ach nach bhfaca sé aon ghreann sa ríbhrú ná cosúlacht ghrinn. Ní dearnadh gáire ann le linn na teachtaireachta a bheith san áit, ach an uile dhuine idir uaisle agus ísle go duairc sollúnta mar ba chóir dóibh a bheith.

Níor labhraíodh ach nuair a bhí gá le labhairt. Sa chúirt sin moladh na déithe go mion agus go minic. Tugadh bia do bhoicht, agus anlann do lucht na mbolg lán. Ba mhór é aoibhneas an ardsagairt, é féin agus a chomhlacht a bheith sa ríbhrú sin. Dá bhféadfadh sé an fear ard, an rí mór Lú-Cúsa a bhí i gceannas na cúirte, d'fháil mar fhear céile d'iníon an rí, d'iníon Chann-Aman! Ach an geocach! An geocach a cham srón Chann-Aman! An gníomh uafásach sin a bhí ag cur imní air; is é a bhí ag baint codladh na hoíche de, agus suaimhneas an lae; is é a choinnigh é ó cheist an chleamhnais a tharraingt anuas. Ba mhór an trua an t-ardsagart. Ba bhocht é a chás, a Shínigh aoibhne.

Bhí an rí agus mo mhacsa i bhfochair a chéile lá, agus gan ann ach iad féin.

'Iontach an pobal iad na Pártigh', arsa mo mhac.

'Iontach liom iad', arsan rí.

'Álainn a dtír; uasal a mbéasa', arsa mo mhac.

'Álainn a dtír; uasal a mbéasa', arsan rí.

'Cumasach a rí'.

'Ar díríodh a shrón fós?' arsan rí, agus bhí fríd an ghrinn ina shúile dubha lonracha.

Dhearc mo mhac air. Dúirt se liom go raibh greann le feiceáil ina shúile féin an uair chéanna. D'admhaigh sé domsa é, a Shínigh.

'Aoibhinn an iníon, iníon álainn Chann-Aman', ar seisean gan bacadh le ceist an rí.

'An iníon a thug searc a croí do gheocach', arsan rí.

Ní raibh a fhios ag mo mhac céard ab fhearr dó a dhéanamh. Ach dúirt sé an chaint seo faoi dheoidh:

'A rí mhóir, a Lú-Cúsa, a rí chumasaigh, a athair do phobail, a shaoi i measc na sua, a ridire gan chealg, a ursain i gcontúirt, a ghaiscígh thar ghaiscígh, ná tóg ar rí an Phártigh é gur leag geocach mallaithe lámh ar a shrón, geocach suarach dearóil gan éirim, agus ná ceap a rí, ná creid é, gur thug an Iníon Álainn searc don trúán sin atá san uaigh faoi seo'.

Bhí faoi a lán eile a rá, ach ar fhéachaint ar an rí dó, chonaic sé a dhá chluais ag corraí ar nós asail óig mheidhrigh; chonaic sé gach cor agus gach casadh dá raibh sé ag baint as a shrón féin; chonaic sé sult an domhain mhóir a ngrua uasal sochma an rí.

A Shínigh, a Shínigh aoibhne, ba é an geocach a cham

srón Chann-Aman a bhí ann! mo náire é! rí mór a bheith
ag imeacht ar fud na gcríoch ina gheocach! rí cumasach
ag dul i gcontúirt a bháis le sult agus suairceas a bhaint
amach! Náire liom mo mhac nár inis sé dá chomhluadar
ar áit na mbonn cén teach ina raibh siad. Níor inis. Ó! go
bhfuil ormsa an scéal brónach a nochtadh! mo chéad
léan, agus mo réabadh croí! Chaoch sé súil ar an rí. Rinne
sé comhgháire leis, rinne sé comhshuairceas leis, rinne sé
comhfhleá leis, ach, a Shínigh aoibhne, nach eol daoibh
gur breá le ciaróg ciaróg eile? File agus fear suilt a bhí i mo
mhac an uair sin, ach anois . . .

Tháinig muintir an rí isteach. Na comhairleoirí a bhí go
dorcha os comhair na bPárteach, bhí siad gléasta i
gcultacha cleasaithe agus geocach anois; na saoithe a
riabh seaneolas an tsaoil de mheabhair acu ar ball, bhí a
mhalairt de chosúlacht orthu anois. A n-aghaidheanna
daite smeartha ag cuid díobh; a gcosa san aer ag cuid eile;
cuid eile fós a bhí ag scréachadh agus ag béicigh agus ag
léimneach ar nós lucht buile! tháinig na maighdeana
mánla isteach agus na buachaillí dubhchraiceannacha,
agus na giollaí suairce faoi ualaí bia; giollaí suairce eile
faoi ualach dí — agus deir mo mhac liom nach raibh ort
ach blaiseadh den deoch sin, agus cheapfá nár cruthaíodh
an saol ach chun sult a bhaint as. Bhí aos ceoil agus
seanma ann, lucht cleas agus magaidh, daoine a bhí in
ann liathróid a dhéanamh díobh féin, daoine a bhíodh ag
gáirí ó rugadh iad, agus gan de chúram orthu ach gach
cineál gáire níba aistí ná a chéile a fhoghlaim. Bhí oide
múinte na ndaoine seo ann, agus é á dtreorú, agus ní
raibh aon fhear ar an gcomhluadar a bhí go duairc
dólásach ach é siúd. Agus d'éiríodh Lú-Cúsa, rí mór na
réigiún sin, agus bhaineadh sé fad as a shrón agus as a
chluasa, os comhair an oide, ach ní bhaineadh a dhícheall
mór gáire as siúd!

Níor éirigh leis an rí gáire a bhaint as; níor éirigh, ná le
hIodhal an tSuilt féin a bhí in airde acu ar an mballa, agus
é ag riaradh na fleá. Agus ní dócha go gclisfeadh air siúd
gáire a bhaint as aon duine eile a cruthaíodh ó thús

aimsire, ach as an oide amháin. Ní bheadh ort ach féachaint air ar a shrón gheancach, ar a shúile beo gáireacha, ar na cosa gearra ramhra a bhíodh ar fuaidreamh faoi de ghnáth, agus thiocfadh gáire ort dá mbeifeá i mbéal an bháis. Ach a Shínigh aoibhne, ní ligeann an ceann faoi dom a thuilleadh cur síos a dhéanamh ar an bhfleá náireach seo, ná ar dhia bréige an tSuilt; mura mbeadh mo mhac féin a bheith sa láthair ní chreidfinn go bhféadfaí a leithéid a bheith ann an tráth seo den tsaol. Ach bhí mo mhac ann, bhí, a Shínigh na gcairde, ach bhí sé óg an uair sin; bhí sé an-óg; maithimis dó.

Nuair a bhí an fhleá náireach seo thart bhí comhrá ag mo mhac leis an rí, le Lú-Cúsa.

'Pósfaidh mé iníon rí an Phártigh', arsan rí, arsa Lú-Cúsa.

'Béarfar ort, agus ansin . . .' arsa mo mhac.

'Ní aithneofar mé. Ceapfar an chéad uair eile, gur duine ciallmhar sollúnta mé, agus sea freisin; má bhím i mo gheocach uaireanta, is é an ceolán sin thuas ar an bhforadh is ciontach leis'.

D'fhéach an bheirt acu ar an iodhal a raibh na cosa gearra ramhra ar fuaidreamh faoi, agus cheap an bheirt go raibh sé ag magadh fúthu, go raibh sé ag rá leis an rí nach bhféadfadh sé scaradh leis féin ar mhná an domhain.

'An dóigh leat go bpósfaidh an Iníon Álainn tú, a rí?' arsa mo mhac.

Bhí an rí cinnte de. Nárbh í a d'fhuascail é? Marach í, nach mbeadh sé faoi ghlas agus céad in uachais faoi thalamh in áras a hathar? Nár thug sí searc a croí istigh don gheocach, don chleasaí? An mhaighdean mhánla mhodhúil! 'Agus beidh tú agam fós, a Iníon Álainn, a óigh aoibhinn na súl beag dubh de dheoin nó d'ainneoin d'athar. Mo thrua shaolta gan mé i mo gheocach i ndáiríre', arsan rí, arsa Lú-Cúsa.

Shíl an bheirt fhear go ndearna an láimhdhia gáire, ach níor bhac siad leis. Agus ansin, rinne mo mhacsa conradh leis an rí go ndéanfadh sé a dhícheall dó go mbeadh an cleamhnas socraithe.

Ghlaoigh an rí chuige ar Reachtaire an tSuilt, agus d'ordaigh dó an uile ní a bheith faoi réir aige i gcóir an aistir a bhí le tabhairt acu. Ordaíodh dó feisteas drua a chur ar na cleasaithe, agus feisteas comhairleoirí críonna a chur ar na rinceoirí, agus cultacha sagart a bheith aige ar lucht an gháire, agus an uile dhream eile dá raibh ina ríbhrú a ghléasadh dá réir. Rinne an Reachtaire an obair seo chomh cliste sin is nach gcreidfeadh mo mhac gurb í an fhoireann chéanna a d'fhág an ríbhrú le cuairt a thabhairt ar rí an Phártigh is a bhí ar an bhfleá, bhí siad uile chomh ciúin duairc sin. Bhí an rí ag ceann a shlua, agus é ag marcaíocht ar each dubh; a chomhairleoirí, idir shaoithe agus dhraoithe ina thimpeall. Ba mhór agus b'éachtach an slua é ar fhágáil an ríbhrú dóibh. Ní hionadh é go raibh ardsagart Chann-Aman mórchúiseach gur éirigh leis cleamhnas mar é a dhéanamh d'iníon a rí. Ní hionadh é go raibh tógáil croí air féin agus ar a mhuintir a bheith i láthair na cuideachta séimhe caoine seo. Ach dá bhféachfadh sé ar an iodhal a bhí in airde ag na sagairt bheadh a mhalairt de scéal ann. Iodhal an tSuilt a bhí ar iompar acu, agus é chomh greannmhar gáiríteach is a bhí aon lá ariamh.

Cuireadh teachtaire rompu le fógairt do rí an Phártigh, do Chann-Aman cumhachtach go raibh siad ar an mbóthar. Dá dtaispeáinfí an lúcháir a bhí i gcroí an rí mhóir seo ina ghrua, ar chloisteáil an scéil seo dó, bhí dlithe uaisle a thíre réabtha aige, ach níor taispeáineadh. Ba dhóigh leat air féin, agus ar a lucht comhairle, agus ar a mhuintir uile, gur mí-ádh uafásach éigin a d'éirigh don tír. Cheapfá ar an Iníon Álainn go raibh sí le dícheannadh. Bhíodh sí ina suí i dtúr ghloine, in airde ar an ríbhrú, ag féachaint soir agus ag féachaint siar, ag féachaint siar agus ag féachaint soir, agu súil leis an ngeocach úd a mheall an croí uaithi. Agus nach í a bhí go cráite nach raibh sé ag teacht chuici! Rí duairc dólásach gan ghreann ag teacht ina ionad! Mo thrua í an Iníon Álainn! Mo thrua í an mhaighdean ina túr ghloine!

84

Tugadh fleá don rí, do Lú-Cúsa, agus dá mhuintir ar shroichint áras Chann-Aman dóibh. Bhí uaisle agus mórmhaithe an Phártigh ar an bhfleá sin. Bhí Cann-Aman féin ag ceann a bhoird; an Iníon Álainn ar a láimh dheis, agus Lú-Cúsa ar a láimh chlé, agus an uile tiarna eile do réir a ghradaim agus a uaisleachta. De réir sean-nósa uaisle an oirthir, bhí bianna agus deochanna a dtíre féin á gcaitheamh ag gach dream. Bia an Phártigh, agus deochanna tíre Lú-Cúsa a chaith mo mhac, mar nár bhain sé le ceachtar den dá chine. Thug sé féin agus Lú-Cúsa faoi deara go raibh Iodhal an tSuilt in airde ar an mballa ag na sagairt; agus de réir mar a bhí an oíche ag imeacht bhí an tIodhal ag dul i sultmhaire. Bhí láimhdhia leis na Pártigh lena ais, iodhal duairc tromchroích, agus anois agus arís ligeadh láimhdhia an tSuilt a cheann isteach ar ghualainn an dé eile, amhail is nach bhféadfadh sé seasamh ar a bhonna féin leis an ngreann folaithe a bhí air. Uair eile is ar an rí, ar Lú-Cúsa, a bhíodh sé ag féachaint, agus é á cheistiú, mar a shílfeá, ag fiafraí de cén tubaiste a bhí air é a thabhairt ina leithéid d'áit. Agus, d'fhéachadh an t-iodhal air, agus thuigidís a chéile ar nós dhá chiaróg.

Nuair a bhí an bia caite acu, d'éirigh an chuideachta ón mbord. Thosaigh an comhrá. Níor fhan an Iníon Álainn leis an gcomhrá, áfach. D'imigh sise agus an bhantracht. Níorbh fhada gur lean daoine eile iad. Chuaigh Lú-Cúsa amach go beo tapaidh gan slán ná beannacht a fhágáil ag aon duine dá raibh ann. Níorbh ionadh fearg a bheith ar rí an Phártigh é a imeacht chomh tobann sin uaidh agus é ag comhrá leis. Ach féachaint agus caochadh súl a thug Iodhal an tSuilt air a dhíbir é. Phléascfadh sé i láthair na cuideachta duairce uaisle sin dá bhfanfadh sé.

Chuaigh rí an Phártigh go fuinneog a bhí in airde ar an áras go bhfeicfeadh sé cár imigh an rí eile uaidh. Ní chreidfeadh sé a dhá shúil. Le solas na gealaí, chonaic sé Lú-Cúsa, an rí mór cumasach misniúil, ag gluaiseacht ar fud an bháin a bhí os comhair an tí, ar a lámha agus ar a chosa ar nós rotha; é ag béicigh agus ag scréachadh agus ag búiríl ar nós leoin bhuile. Agus thug sé faoi deara gur culaith gheocaigh a bhí air, agus go raibh sé ag cleachtadh na gcleas a chleachtaíodh an dream mallaithe sin. An léim faoi eite, an cor faoi dhó, an lúb lúbach agus eile a bhí ar siúl aige. Tháinig gráin ar an rí cumasach, ar Chann-Aman uasal. Ghlaoigh sé chuige ar a lucht comhairle, agus ar a lucht armála go ngabhfaí an rí neamhuasal seo, an cleasaí bréan seo a bhí á maslú. Ach is beag nach ndeacha a dhá shúil as a cheann nuair a chonaic sé a iníon féin, an Iníon Álainn, ag déanamh ar an rí, ar an gcleasaí agus ag tabhairt na mílte póg dó . . . Ar an bpointe sin, lasadh na trilseáin a bhí in airde ar mhullach an tí, agus ní hé Cann-Aman amháin a chonaic an gníomh fíornáireach sin ach a mhuintir uile. Ach sul a raibh sé d'uain ag aon duine breith ar an mbeirt, agus a gcaitheamh isteach in uachais, bhí an rí Lú-Cúsa sa diallait agus an Iníon Álainn ar chúlóg aige . . . Agus chonaic an mhuintir uile iad ag imeacht thar an machaire ar nós gaoithe ó shléibhte Namba.

Chonaic mo mhacsa na hiontais seo uile, le linn a óige i dtír an Phártigh, agus scríobh sé cuntas ar an gcogadh mór fuilteach a chuir Cann-Aman uasal ar Lú-Cúsa mar gheall ar an Iníon Álainn. Tá an cuntas sárálainn sin le fáil san bhfichiú caibidil den ochtú leabhar dá stair. Léigí é, a Shínigh aoibhne . . .

DÍOLTAS NA mBAN

Daoine a mbíonn gean agus grá acu dá chéile ní bhíonn uathu ach bheith i gcuideachta a chéile de shíor: Cá bhfuil an té nár thug an méid sin faoi deara? Cá bhfuil an té nár chuir spéis in eachtraí a leithéidí? Ach ní réitíonn an gnás sin le gnóthaí an tsaoil; agus is iomaí sin bealach a cheap an saol leis an ngnás a chur faoi chois; ach más fíor an scéal atá sa seanleabhar Síneach a thug mo dhearthái dom thar éis teacht abhaile ón Domhan Thoir dó, níor ceapadh ariamh aon bhealach chomh héifeachtach leis an mbealach a ceapadh i gCríoch na nAibitíneach anallód. Chuir mé Gaeilge ar an scéal i gcóir cara dom atá tugtha do na nósa sin: an féidir go n-oirfeadh sé do dhream beag ar bith de lucht léite an leabhair seo? Ní dhearna mé ach na focail agus gluaiseacht na cainte a athrú, agus ní dhéanfainn an méid sin féin marach go raibh an seanúdar roinnt fadálach.

I

Bhí rí mór cumasach ar chríoch na nAibitíneach tráth. Alum-ba ab ainm dó. Bhí mac aige ar ar tugadh Bam-Anna, agus ba ghile leis an bpobal uile é siúd ná aon rí ná rídhamhna dá raibh orthu ariamh, mar nárbh é a chuir smacht ar na Pártigh chumhachtacha, nárbh é a chuir na naimhde millteacha nimhneacha sin faoi chois an tráth a cheap siad críoch na n-Aibitíneach a bhánú? Ach le suim mhaith aimsire is beag trácht a bhí ar an seadaire cróga, ar Bham-Anna, peata an phobail. Ní bhíodh sé ar fheis. Ní bhíodh sé ar dháil. Agus bhí a fhios ag an bpobal uile goidé an fáth, ach ní dúradh aon chaint ina thaobh ach os íseal sna tithe fíona agus san fhásach.

Bhí obair mhór stáit le déanamh. Ba é mac an rí ab oiriúnaí don obair; ach cá raibh sé? Is i gcuideachta mná óige a chaith sé an chuid is mó dá aimsir . . .

Bhí na Pártigh ag éirí dána agus ní raibh Bam-Anna le smacht a chur orthu. B'fheasach iad nach raibh fear a gceansaithe ann ach eisean amháin, agus ní raibh aon fháil air. D'fhógair siad cogadh ar na hAibitínigh. Tháinig siad isteach thar theorainn ina sluaite móra líonmhara ag bánú na tíre rompu, agus an fear a mbeadh sé ina chumas cosc a chur leo, cá raibh sé ach ina luí sa bhféar glas fionnuar cois abhann ag canadh filíochta le bean óg!

Ach bhí fear ar na hAibitínigh a dúirt leis féin go raibh sé thar am acu cosc a chur leis an namhaid; agus le heachtraí an mhic rí mar an gcéanna. Suga-sa Ard-Ollamh ab ainm don fhear dána sin, agus chuir sé iallach ar an rí feis a chomóradh le deireadh a chur leis an obair náireach a bhí ar siúl.

Bhí an rí ar an bhfeis. Bhí maithe agus móruaisle na tíre ann, ach cá raibh mac an rí? Cá raibh an seadaire a bhí gníomhach tréan uair? A Shínigh na céille, an gá dom a rá?

D'éirigh an tArd-Ollamh. Bhí na maithe uile ina dtost. Osna beag a lig an rí as, cluineadh i ngach ball den rítheach é.

'A mhaithe na nAibitíneach', arsan tArd-Ollamh, 'Níl mac ár rí sa láthair. I láthair mná óige, ag canadh amhrán di cois abhann glé, atá sé, agus an namhaid buailte linn . . .'

Shílfeá go mbeadh trua aige don seanrí a raibh an dreach an-uasal an-bhrónach air, ach ní raibh. Mhínigh sé dóibh an tseandlí nár cuireach i bhfeidhm leis na céadta bliain roimhe. De réir na dlí sin, bhí ar bheirt a bhí róthugtha do chomhluadar a chéile tréimhse a chaitheamh i bhfochair a chéile ar oileán uaigneach mara gan duine ná deoraí a fheiceáil ar feadh an achair ach iad féin. Bhí orthu beirt an méid bliain ar mhaith leo a chaitheamh le chéile a lua roimh ré, agus nuair a bheadh an t-achar is lú dar luadh caite bhí orthu scaradh le chéile go deo na ndeor.

Mo thrua an seanrí agus an chinniúint sin ag breith ar a mhac! Ach ó bhí an dlí ann ní raibh sé ina chumas gan í a chur i bhfeidhm.

II

Chuaigh an tArd-Ollamh agus a lucht leanúna ag triall ar mhac an rí. Cois na habhann a fritheadh é, agus an bhean óg ina fhochair; ní raibh orthu an dara haistear a thabhairt, an áit a mbíodh seisean is ann a bhíodh sise. Baineadh geit astu beirt ar fheiceáil an Ard-Ollaimh dóibh.

Tugadh an mac rí ar leataobh. Cuireadh iallach air an méid bliain ar mhaith leis a chaitheamh i gcuideachta na mná óige a scríobh ar phár. Dá scríobhfadh sé 'le mo bheo', cárbh fhios dó nach n-éireodh sé tuirseach di gan mórán achair? Tharla a leithéid go mion minic. Agus dá n-éireodh féin, ní fhéadfadh sé aon bhean eile a fheiceáil lena shaol! Dá scríobhfadh sé cúpla bliain, bheadh air scaradh léi i gceann an achair sin, agus ní bheadh sé i ndán dó í a fheiceáil arís go deo.

An fear bocht!

Ach bhí misneach aige.

'Seacht mbliana', a scríobh sé.

A dhearthaireacha, a Shínigh uaisle, ná ceapaigí go bhfuilim ag insint na mbréag. Bhí draíocht ar an bhfear bocht a bhain a thuiscint de; marach go raibh, an dóigh libh go ndéarfadh sé go raibh sé sásta seacht mbliana a chaitheamh i bhfochair aon mhná amháin? Agus a raibh le déanamh ar an saol! Agus a raibh de mhná ann agus de sheoda eile nach iad!

Cuireadh an cheist chéanna ar an mbean óg. Bhí sise

ar tí 'le mo bheo' a rá, ach bhí náire uirthi. Céard a cheapfadh na fir iasachta seo dá ligfeadh sí uirthi féin gurbh áil léi a saol iomlán a chur di i gcuideachta aon fhir amháin, dá fheabhas é? Ní raibh gá leis ach oiread, cheap sí. Cárbh fhios dóibh nach mbeidís beirt san uaigh roimh . . .

'Ceithre bliana ar fhichid', a dúirt sí i ndeireadh na dála.

Ach níorbh eol do cheachtar díobh cé mhéid bliain a bhí luaite ag an duine eile!

III

An oíche sin ghluais leo beirt thar farraige anonn i long bhroinnfhairsing thinneasnach, agus ní dhearna siad cónaí gur shroich siad an t-oileán uaigneach, áit a raibh orthu maireachtáil go — ní raibh a fhios acu cén fhad, agus ní labhróidís ina thaobh go dtí go n-imeodh an dream eile.

Bhí an ghealach ag éirí aníos as an bhfarraige nuair a tháinig an bhean amach as an mboth a bhí ullmhaithe ina comhair le caint a chur ar an mac rí. Bhí scáth uirthi labhairt leis. Bhí eagla uirthi a rá leis go mbeadh orthu scaradh le chéile i gceann ceithre bliana fichead. Nach é a bheadh ar buile léi nár scríobh sí 'lena beo' chomh maith leis féin!

Bhí seisean ina shuí taobh amuigh den doras faoi chrann fíniúna agus é ag dearcadh uaidh go brónach thar an mhuir chiúin sholasbhán i dtreo tíre a dhúchais.

'Goidé an ghruaim sin ort, a chuid?' ar sise go bog grámhar.

Níor fhreagair sé í.

'Go bhfuil ort do shaol a chaitheamh liomsa, an ea?' ar sise, agus bheadh a fhios agat uirthi cén freagra a raibh súil aici leis. 'Ní dhéanfainn amhras ar bith díot — le mo bheo a déarfainn féin marach an náire', agus cheapfá uirthi go raibh briseadh croí uirthi mar gheall air.

'Ní le mo bheo a dúirt mé féin ach oiread', ar seisean.

'Ní hea! D'eile?' agus tháinig múisiam uirthi.

'Seacht mbliana'.

'Seacht mbliana!' ar sise agus tocht uirthi; seacht mbliana agus an chaint a chleacht sé léi! Thiontaigh sí ar a cois agus isteach léi sa bhoth gan a thuilleadh a rá . . .

B'é sin a chéad easaontas a tháinig eatarthu.

I gceann scathaimh thainig sí amach chuige arís. Bhí rian na ndeor ina súile.

'Agus níl an oiread spéise agat ionam is go bhfiafrófá díom goidé an t-achar a luas féin', ar sise go deorach. 'Cá bhfios duit nach mbeidh orainn scaradh le chéile i gceann míosa?'

A chairde ionúine, a Shínigh aeracha aoibhne, tugtar a cheart féin don mhac rí, do Bham-Anna an mhí-áidh; bhéarfadh sé a raibh aige den saol ar an láthair sin, dá mbeadh a fhios aige go bhféadfadh sé dul i measc a chomhluadair chróga chalma ar pháirc an áir i ndeireadh míosa. Ag dearcadh uaidh thar an muir chiúin, i dtreo a thíre dúchais, tháinig fiuchadh fola air agus borradh intinne agus chonacthas dó gur chuala sé chuige anonn thar farraige clascairt na gclaíomh crua agus gleo na bhfear tréan. Bheith ina measc, sin a raibh uaidh. Na mná, is iad a bhí ag milleadh saol na bhfear, cheap sé; anlann an tsaoil na mná, cheap sé; agus ní réitíonn anlann amháin le haon bhéal. Casadh claíomh trom crua ar pháirc an áir — agus bean sciamhach lena chneácha a leigheas . . . Ach b'fhéidir go raibh achar níos lú ná seacht mbliana luaite aicisean. D'fhiafraigh sé di é.

'Ceithre bliana fichead', ar sise.

Thit an croí ann. Bheadh air na seacht mbliana a chur de i bhfad ó chogadh agus ó chlascairt claíomh crua.

Bhí cipín beag ina láimh aige, agus thosaigh sé ag scríobh ar an ngaineamh geal leis an gcipín, agus an bhean óg ag dearcadh air, ach nár mhothaigh sé ann ar chor ar bith í. Ag seo an rud a bhí le feiceáil aici ar an ngaineamh i ndiaidh a láimhe:

365 x 7, sin 2,555.

'Agus tá brón air go bhfuil air 2,555 lá a chaitheamh liomsa', ar sise, agus phléasc sí ag caoineadh. Tháinig na deora géara goirte óna súile an oíche sin go frasach agus níor éirigh leis an mac rí iad a chosc má rinne sé a dhícheall féin.

Fear géarchúiseach tuisceanach fadbhreathnaitheach ab ea an mac rí. Fear gníomhartha ab ea é ó nádúr, ach óir nach raibh faill aige na gníomhartha móra a dhéanamh ó bhí air seacht mbliana a chaitheamh ar an oileán i bhfochair na mná deoraí seo, bheartaigh sé an t-achar a chaitheamh ar an dóigh ba thairbhí agus b'inspéisiúla. Ní raibh aon imní air faoi chothú, mar bhí crainn fhiniúna agus caora folláine de gach cineál ag fás ar an oileán. Bhí caoirigh bideacha bána ar sleasa na gcnoc féarmhar agus toirc agus broic faoi na coillte fairsinge. Bhí iasc san abhainn, — is beag filíocht a chan sé di cois na habhann sin i dtosach ar chaoi ar bith; bhí iasc san fharraige agus caoi aige le breith orthu; agus maidir le huisce, bhí fuarán in aice an bhotha agus bhí an t-uisce a bhí ann chomh glé, chomh folláin, chomh breá le haon uisce dar ól sé ariamh. Agus na crainn thorthúla agus na blátha cumhra a bhíodh ag síorchromadh a gcinn faoi ualach drúchta agus gréine!

Bhí an bhean óg an-aoibhinn, an álainn, an-spéisiúil agus má bhí sé ag tnúth le cogadh agus le comhluadar fear féin, cheap an fear gníomhartha a bhí ina fhealsúnaí dá ainneoin go bhféadfadh sé na blianta a chur de go tairbheach á scrúdú. A nósa agus a béasa, a mion-nósa agus a fobhéasa, a tréithe agus a cáilíocht, ba mhór an t-ábhar iontais dó iad uile. A Shínigh na gcairde, ná déanaigí gáire faoi nach bhfuil sé sna leabhair go bhfuil fir ealaíne ann a chaitheann a saol iomlán ag scrúdú nósa agus saoil na mbeach agus na bhféileacán agus na seangán agus na ndormán, agus feithidí beaga nach iad. Ní hionadh liom gur cheap an mac rí go n-éireodh leis blianta a phíonóis a chur de ag scrúdú nós an ainmhí is airde intinne dá bhfuil faoin mbith ach amháin an fear.

Bhí an mac rí lá ina shuí faoin gcrann fíniúna nuair a
tháinig an bhean óg chuige. Dhearc sí ar na figiúirí a bhí
scríofa aige sa ghaineamh:

365 x 6 sin 2,190.

'Mise mo bhannaí duit', ar sise go gealgháiríteach
'nach ag comhaireamh an méid lá a bheidh ort fanacht in
éineacht liom atá tú anois! An ea? Go deimhin féin ní hea.
Ná habair gurb ea, mar ní chreidfidh mé uait é agus an
spéis mhór a chuir tú ionam le bliain', agus chuir sí lámh
timpeall a mhuiníl.

'Nach ag comhaireamh an méid lá a bheadh againn le
chéile a bhí tú nuair a tháinig mé ort?' ar sise, 'tá a fhios
agam gurb ea; agus an chaoi a lig tú ort bliain is an lá
inniu go raibh cumha agus brón an tsaoil ort go raibh sé i
ndán duit na seacht mbliana sin a chaitheamh liomsa! Ó,
nach tú an gleacaí! Le héad a chur ormsa a rinne tú é,
nach ea? Ó! sea, cuirfidh mé faoi gheasa troma anois tú
dhá uair sa ló ar a laghad a thabhairt dom i m'aonar;
caithfidh tú é a dhéanamh, nó . . . Agus trí huaire an
chéad bhliain eile, agus ceithre huaire an bhliain ina cionn
agus mar sin de. Ansin beidh cleachtadh agat a bheith i
n'uireasa nuair a bheidh orainn scaradh le chéile i gceann
sé bliana'.

(Tá cuid mhaith leathanach agus bileog breactha ag an
údar Síneach anseo ag cur síos ar na mná agus ar a
dtréithe agus an ceangal atá idir fir agus mná. Ag tagairt
don mhac rí a bhí sé, agus is é a bharúil gur scaoileadh an
greim crua a bhí ag an mbean air nuair ab éigin dó
fanacht ina fochair i gcónaí; nach raibh cumhacht sa
ghreim sin ach nuair a bhí sé ina chumas imeacht uaithi;
agus nuair a scaoileadh an tseansnaidhm ghrá a bhí
eatarthu i dtosach gur ceanglaíodh snaidhm eile a bhí níos
buaine ná an chéad cheann .i. an tsnaidhm a bhí idir fear
ealaíne agus ábhar a ealaíne).

Dá mbeadh ar an bhfear ealaíne scrúdú i ndiaidh báis a

94

dhéanamh ar a mháthair lena ealaín a chur chun cinn is cinnte nach loicfeadh sé. An ionadh é gur lig an mac rí air go raibh gean míchuíosach aige don bhean óg? Marach gur lig ní nochtódh sí a tréithe iomlána dó. Agus d'éirigh leis. Ní raibh amhras uirthi nárbh é a searc é, ach uaireanta. Ansin deireadh sí:

'Ó, nach fuairintinneach cruachroíoch an duine tú!'

Agus scaoileadh sé caint fhileata uaidh ina caise á moladh agus á mealladh. Leis an dúthracht agus leis an dílseacht a bhíodh sa chaint sin, ní cheapfadh aon bhean, dá thuisceanaí í, go ndúradh in aon turas í lena bréagadh. Ní cheapfaí ar an gcaint agus ar na gníomhartha grá a chuaigh léi gur bhaoite iad le heolas a nádúir a bhaint aisti i ngan fhios di.

An oíche chéanna sin, bhí an ghealach ag éirí agus an bheirt acu ina suí cois a chéile faoin gcrann fíniúna. Bhí an mhuir mhór chiúin os a gcomhair amach, agus mar a bheadh droichead airgid ghlé idir iad agus tír a ndúchais. Boladh trom ón mhuir, agus boladh aoibhinn cumhra na mbláth ina sróna. Grá i gcroí na mná. Dúil san eolas i gcroí an fhir.

'Dá mba fhíordhroichead é sin ar ndóigh, ní imeofá uaim', ar sise agus lig sí siar a ceann ar a ghualainn go raibh solas na gealaí ag teacht anuas go hiomlán agus go haoibhinn ar a héadan sciamhach.

'Ní imeoinn', ar seisean. 'Cleas na teagmhála', thug sé ar an ngníomh a bhí déanta aici, mar theagmhaigh dlaoi dá cuid gruaige lena leiceann.

Dhearc sí air agus tháinig boige agus grá ina súile.

'Cleas na súl', a thug sé ar an gcleas sin.

Bhog sí a béal ar nós duine a bheadh ar tí labhairt, ach ní raibh baol uirthi. 'Cuireadh chun póige, 'a thug sé ar an gcleas sin.

D'éalaigh osna uaithi: 'déan trua liom', a thug sé ar an gcleas sin.

Chuir sí goic agus gothaí uirthi féin: 'Nach álainn mé', a thug sé air sin.

Scaoil sé cúpla focal uaidh d'aon uaim le héad a chur

uirthi. D'éirigh leis. D'éalaigh na scamaill dhorcha thar a héadan, agus is air a bhí an obair ag iarraidh iad a ruaigeadh. Leis sin a dhéanamh b'éigin dó a chuid cleas féin a chleachtadh agus rinne sé an gnó sin go cliste aiclí. Ba dhóigh leat air gur ag bréagadh ban a chaith sé a shaol. Ba mhaith an aghaidh é shílfeá dá mbeifeá gan a fhios a bheith agat gur ag mugadh-magadh a bhí sé ar feadh an ama. Is beag ceapadh a bheadh ag an té a bheadh ag dearcadh air nach raibh sna cleasa grá a bhí ar siúl aige ach cleasaíocht bhréagach, agus gur chleacht sé iad le grá dá ealáin, don ealaín nua sin ar ar thug sé beaneolas, agus ní le grá don bhean a bhí lena ais.

Mo léan agus mo ghéarbhrón an seadaire cróga calma sin a chuir briseadh agus ruaig ar na Pártigh a bheith ina leithéid sin de chás. Ach deir mo mhac liom . . .

V

Ach cuirtear deireadh le gach ní ar an saol seo ach amháin leis na déithe, le tine agus le huisce, agus cuireadh deireadh le ré na beirte ar an oileán uaigneach mara.

Tháinig an lá mór faoi dheireadh. D'éirigh an ghrian mar a d'éirigh le gach lá leis na haoiseanna agus ghluais léi siar trasna na spéire. Bhí sí ag dul faoi sa bhfarraige nuair a tháinig dhá bhád de chabhlach na nAibitíneach i dtír ar an oileán, bád díobh leis an bhfear óg a bhreith abhaile agus an bád eile i gcóir na mná óige. Tháinig lasair ar an ógbhean ar fheiceáil an dá bhád di. Bheadh uirthi scaradh le rún agus le searc a croí go deireadh aimsire. D'agair sí ar lucht na mbád iad a mharú, iad a bhá in aon mhála amháin, iad a dhíbirt go fásach éigin . . . A Shínigh an tsó, ní féidir liom an chaint a dúirt an bhean sin a scríobh le náire, agus le heagla nach gcreidfí mé; ach níorbh aon tairbhe di an chaint. Bhí a ndualgas le comhlíonadh ag lucht na mbád. Rug siad uirthi agus scaoil siad an greim daingean crua a bhí aici ar an bhfear, lig sí aon streanacán amháin goil aisti agus thit sí marbh ar an láthair . . .

Bhí ionadh orm céard a d'éirigh don mhac rí i ndiaidh bhás na mná, agus bhí scanradh orm go mbeinn gan eolas air sin go brách, mar tá deireadh le scéal an údair Shínigh anseo: ach ag dearcadh dom tríd an leabhar thug mé an giota seo i mo dhiaidh faoi deara:—

'Tharla dúnmharú i bpríomhchathair na n-Aibitíneach dhá lá i ndiaidh bhás an tseanrí chumasaigh Alum-ba. An tráth sin bhíodh fear ag taisteal na tíre, ag dul ó chathair go cathair agus ó bhaile go baile agus ag déanamh cainte faoin mbantracht leis an slua. Ní raibh cleas dá raibh acu nach raibh ar eolas aige; ní raibh urchóid ná gangaid ná calaois ná cealg ina gcroí nár nocht sé go cruinn agus go beacht gur tháinig buile agus fiuchadh fola agus mire intinne ar an mbantracht uile i bpríomhchathair shárálainn na n-Aibitíneach, gur tháinig mathshlua mór díobh go dtí an teach ina raibh cónaí air oíche, gur chuir siad an teach agus a raibh ann trí thine . . .'

An saoi nó daoi a loisceadh? Nó, arbh fhéidir gurbh é an mac rí a chaith seacht mbliana dá shaol i gcuideachta mná ar oileán uaigneach mara a thug a anam ar an ealaín úd dar thug sé gean a chroí?

NÁ LIG SINN I gCATHÚ

Ag seo scéal eile a bhain mé as an seanleabhar Síneach. Feicfear ó insint an scéil, agus ó fhealsúnacht an údair, gurb é an duine céanna a scríobh é féin agus an ceann eile a d'inis mé roimhe seo.

I

Nuair a bhí Alum-ba ina rí ar chríoch na n-Aibitíneach bhí saor cloch ann agus bhí cáil mhór air ar fud an Oirthir as feabhas a cheardaíochta. Bhíodh rithe móra ó thíortha i bhfad i gcéin ag triall air ag iarraidh air dealbh nó íomhá éigin eile a ghearradh dóibh as an marmar crua. Ach dhiúltaíodh sé dóibh. Saothar mór dealbhóireachta a bhí ceaptha aige féin a chur i ngníomh, sin a raibh uaidh. Agus leis an obair sin a dhéanamh ar a shocúlacht thréig sé na cathracha móra agus na tithe uaisle ina mbíodh fáilte mhór roimhe de ló agus d'oíche; thréig sé a athair agus a mháthair, a dheartháireacha agus a dheirfiúracha, a chomhluadar agus a chairde uile; a mhaoin mhór agus a cháil, d'fhág sé ina dhiaidh iad agus ghluais leis, é féin agus seanmhogha, gur shroich siad doire coille a bhí cóngarach do choiléar marmair bháin ar bhruach shruthláin chrónánaigh. Thóg siad dhá bhoth sa doire sin, both suain agus both oibre. Agus bhíodh an bheirt fhear ag obair sa choiléar ag baint marmair i gcóir an tsaothair, go dtéadh an ghrian faoi gach oíche; agus i ngach cloch

98

dá mbainidís d'fheiceadh an ceardaí cuid den saothar mór dar thug sé a chroí, agus thagadh aiteas agus meanma air gur éirigh leis scaradh le baois agus le maoin bhréagach an tsaoil.

Bhí a chroí agus a anam uile tugtha don obair mhór a leag sé amach dó féin. Níor chuimhnigh sé ach ar an obair sin. An saol a bhí caite aige, bailte móra, caitheamh aimsire, comhluadar ban álainn — ní raibh iontu uile ach neamhní i gcomórtas leis an obair a bhí le déanamh aige. Go deimhin is ar éigin a bhí na clocha bainte agus i dtreo aige féin agus ag an seanmhogha, go raibh dearmad déanta aige ar a raibh caite aige dá shaol.

An ceap uasal úd a bhí ina aigne agus a bhí folaithe sna clocha marmair, thosaigh sé ar a nochtadh lena chasúr agus lena shiséal. Bhíodh sé leis féin sa bhoth beag i lár na coille craobhaí ar bhruach an tsruthláin chrónánaigh ag obair agus ag síorobair ó éirí gréine go teacht oíche; is minic a bhíodh torann a chasúir le cloisteáil sa doire agus na héanlaith ina suan; agus leagadh sé a oirnéis uaidh agus shuíodh sé cóngarach dá shaothar á scrúdú agus ag machnamh air . . . thagadh na héanlaith oíche amach agus é sa mhachnamh sin, agus nuair a lasadh sé a lóchrann bhailíodh mionmhiolta sciathánacha na coille timpeall ar a bhoth, agus thagadh cuid acu isteach ar an doras chuige, agus cheapadh an saothraí gur ag adhradh a shaothair a bhídís. Agus ní imíodh siad go dtagadh an seanmhogha lena chuid bia, le torthaí na coille agus le huisce ón bhfuarán agus chaitheadh an bheirt acu an lón in éineacht. Nuair a bhíodh an bia caite acu, chuiridís beirt impí ar na déithe. Deireadh: An ceardaí: Go gcuire na déithe spreacadh i mo ghéaga . . . An seanmhogha: Le do chuid oibre a dhéanamh, a mháistir. An ceardaí: Go méadaí siad solas m'intinne . . . An seanmhogha: Le do chuid oibre a dhéanamh, a mháistir.

Agus le dúthracht agus le dílseacht na bhfocal chuireadh an bheirt scáth ar na mionmhíolta clúmhacha a thagadh isteach ar an urlár chucu; ach ar a bheith críochnaithe don phaidreoireacht thagaidís an athuair, agus d'fhanaidís ar fud an tí agus an bheirt fhear ina sámhchodladh ar an raithneach tirim donn. Ar raithneach agus ar úrluachair is mó a chodlaíodh siad, agus d'fheicfí scáil óna shaothar ar aghaidh an tsaothraí go minic, ach ní raibh baol don scáil sin a bheith leath chomh soiléir leis an gceapadh a bhíodh ina aigne ina chodladh féin dó.

II

Thug an rí, Alum-ba cumasach, cuairt ar an gceardaí uair. D'éirigh leis na hAibitínigh smacht a chur ar a seannaimhde na Pártigh agus ceapadh gurbh fheiliúnach an tráth é le teampall uasal a thógáil in onóir do dhia an chogaidh i bpríomhchathair na tíre. Ach cá bhfaighfí ceardaí leis an teampall a mhaisiú le dealbha ach an ceardaí úd a thréig iad? Chuaigh an rí féin agus a lucht leanúna ag triall air. Sin a raibh de mhaith dóibh ann áfach. Níor éirigh leo a bhréagadh.

'Ór ná airgead, tithe áille agus bianna milse, cumhacht agus cáil i measc daoine, is beag é mo mheas orthu', arsan ceardaí; níl uaim ach an doire coille seo a bheith fúm féin; níl uaim ach an smaoineamh a gineadh i mo cheann a chur i gcríoch; an marmar crua bán álainn a ghearradh . . . tá an saol mór; tá ceardaithe eile ann a ghlacfaidh bhur bpá go beannachtach. Téigí ar a dtóir. Ná cailligí an lá ormsa . . .' agus chrom sé ar obair.

Shíl an rí é a mhealladh ar chaoi eile. Gheall sé duais mhór dó, duais níos uaisle ná aon duais a tairgíodh do cheardaí ariamh roimhe sin.

'An lú mise ná asal fíáin an tsléibhe?' arsan ceardaí. 'Is féidir leis an asal fíáin a shaol a chaitheamh ar a rogha dóigh; faigheann sé bás leis an ocras go minic, ach is uaisle é, más boichte, ná a bhráthair atá faoi chuing an duine. Asal fíáin sléibhe mise, a rí, agus níl aon ghnó agam de mhaoin mhór, de thithe uaisle, de mhoghanna ná de thailte leathana. Uisce ón bhfuarán, caora ón gcoill, solas na gréine agus an tsláinte amháin atá uaimse . . . agus táir ag baint an tsolais díom anois, a rí', agus rug sé ar a chasúr agus ar a shiséal.

Ach ní túisce a bhí an rí agus a chomhlacht imithe uaidh ná tháinig drong eile ar cuairt chuige. Ní drong dhaonna a tháinig chuige an uair seo ach mionmhíolta sciathánacha na coille, agus bhí siad ag eitilt timpeall ar a cheann, agus timpeall ar a shaothar, ach nár mhothaigh seisean ann iad, bhí sé ag machnamh chomh mór sin.

III

Bhí sé ag obair ar feadh míosa uair, ag iarraidh íomhá mhná a ghearradh. Bhí sé tinn tuirseach tnáite lagmhisniúil, mar ní raibh ag éirí leis an chuma shárálainn ba léir dó a bheith i bhfolach sa mharmar a fhoilsiú. Thit an oíche air. Las sé an lóchrann, agus dhearc sé ar shaothar a lámh.

Céard a bhí air nár fhéad sé an obair a dhéanamh mar ba chóir? An í an tsúil a bhí ciontach leis? Níorbh í. Ba léir dó an bhean a bhí folaithe sa mharmar. An í an lámh a bhí ag cliseadh air sa deireadh? Ba dhóigh leis nárbh í: bhí an lámh chomh cliste is a bhí aon lá ariamh.

Ach bhí sé go cráite. Bhuail sé faoi ar stól beag, agus chaith sé achar fada ag machnamh gan cor a chur de. Tháinig a sheanchomhluadar, míolta sciathánacha na hoíche, agus míolta ceithre cos, agus feithidí éagsúla eile isteach ar an urlár chuige. Bhí an ghealach lán agus solas breá uaithi. Bhí nead réaltóg beag sa spéir thoir, agus chonacthas dó go mbeadh leis dá bhféadfadh sé taitneamh na réaltóg sin a chur i súile na mná a bhí á múnlú aige.

Thit scamall ar an dealbh. Beithíoch éigin ón gcoill a tháinig sa doras agus a bhain solas na gealaí de, sin a cheap sé.

101

Thóg sé a cheann. Ní beithíoch coille a bhí ann ach . . . ní bean a bhí aige ann cheap sé, ach gin oíche nó coille, amhail na míolta eile a thagadh ar cuairt chuige. Ach is ar éigin nár bhain áilleacht na mná (más bean a bhí inti) an chiall de. Réaltóga lonracha ab ea a súile; néalta toirní oíche ab ea a folt; a cuma agus a dealbh, shíl an ceardaí nach bhféadfadh an chuma agus an dealbh sin a bheith ar an saol ach amháin i smaointe duine. Chuir áilleacht na mná imeagla air. Dá bhféadfadh sé cuid den áilleacht a ghoid uaithi i gcomhair a shaothair! Ach ní bean shaolta a bhí aige ann ach bean aislinge; nuair a d'imeodh an oíche, d'imeodh sise chomh maith.

Ach tháinig an chéad léas de sholas an lae, agus níor imigh sí, ach í ina suí sa raithneach ag dearcadh air lena súile lonracha.

'Is iad na déithe a sheol i mo threo í le bheith ina múnla ceirde agam le mo shaothar agus le mo shaol a mhaisiú', arsan ceardaí leis féin. Agus thug sé na mílte beannacht do na déithe gur éist siad lena ghlór, gur chabhraigh siad leis in uair a ghá.

An bhean a bhí i bhfolach air sa mharmar crua ba ghearr an mhoill air í a nochtadh, ó bhí sise aige le cabhrú leis . . .

IV

Tá slí mhór tráchtála idir príomhchathair na n-Aibitíneach agus Aramana atá í gcríoch an Phártigh. Níl lá sa bhliain nach bhfeictear ceannaithe ar an slí sin lena gcuid camall agus lena gcuid asal agus lena gcuid múillí agus earraí iontacha le díol acu. Síoda míne sioscarnacha ó thír na hAraibe; sróltá boga sleamhna ón tSín; clocha bua ó thíortha allta reoite an deiscirt; gréasobair ó Pheirs na gcéadta teampall; agus chonaic an bhean na hearraí uile sin ar dhroim na gcamall agus na n-asal agus iad ag gabháil an tslí, agus chuir sí dúil a croí i gcuid díobh.

Chonaic sí buíon mhór ceannaithe chuici anoir trasna an mhachaire lá agus í ina suí cois an fhuaráin leataobh na slí. Rinne siad cónaí ag an bhfuarán le huisce a thabhairt dá mbeithígh. Bhí ceannaí óg ar an mbuíon, agus ó bhí an bhean a bhí ina suí in aice an fhuaráin an-dathúil chuir sé caint uirthi. Thaispeáin sé seoid di. B'fhiú ocht gcéad each Arabach an chloch uasal a thaispeáin sé di.

'Feicfear an chloch sin i gcoróin banríona cumhachtaí atá sa Domhan Thiar', arsan ceannaí; 'dá mba dhuine saibhir mé', ar sé, 'ní scarfainn an chloch uasal álainn ón bhean uasal álainn go deo', agus chuir sé an chloch ag spréacharnaigh ina dubhfholt buaclach.

Chonaic sise an loinnir ait a tháinig i súile na bhfear ar fheiceáil áilleacht na cloiche agus ar fheiceáil a háilleacht féin dóibh; agus ar fhéachaint isteach i nglé-uisce an fhuaráin di, thuig sí céard a rinne a súile níos solasmhaire ná an chloch féin.

Rinne sí rún daingean ar an toirt go mbeadh clocha bua agus éadaí míne aici feasta.

An oíche sin rinne sí caint leis an gceardaí.

'Daoine nach bhfuil leath chomh cliste leatsa', ar sise, 'is féidir leo airgead a dhéanamh; is féidir leo cultacha luachmhara agus seoda a bhronnadh ar a mná; ba chóir duitse an beagán beag sin a dhéanamh ar mo shonsa'.

Dúirt sí an chaint sin agus caint nach í. Mheall agus bhladair agus bhréag sí é le briathra binne agus le glór bog ceolmhar, agus le féachaintí grámhara agus leis an uile chleasaíocht a thug na mná leo ó dhúchas; agus ó thug seisean na seacht ngrá ar ar thrácht mo mhacsa san ochtú caibidil déag dá leabhar', arsan seanúdar Síneach, 'ní hionadh liom gur ghéill sé di'.

I gceann dhá lá ní ar an saothar mór dar thug sé a chroí a bhí sé ag obair ach ar dhealbh bheag shuarach a d'fhéadfaí a dhíol go réidh sa chathair; agus ó fuair sise a céadbhlaiseadh de mhilseán an tsaoil ba mhinic a triall ar an gcathair chéanna sin agus dealbh éigin de na dealbha a chuir sí iallach ar an gceardaí a mhúnlú di ar iompar aici.

Lón anama do bhean álainn an moladh. Moladh sa

chathair í. Dá bhféadfadh sí cónaí sa chathair, bheadh filí agus aos ceoil agus aos ealaíne na cathrach ag bailiú ina timpeall á moladh agus á síormholadh, ag canadh dánta agus fonn di ... ach bhí a fhios aici nach bhféadfadh sí an ceardaí a mhealladh léi isteach sa chathair gan dua. Goidé an baoite ab fhearr a d'fheilfeadh don obair? Chuir an cheist sin imní mhór uirthi, ach sa deireadh mheas sí nach bhféadfadh sí aon bhaoite a fháil ab fhearr ná í féin.

'Tá fúm scaradh leat', ar sise leis lá; ní háil liom an fásach fiáin seo. Sa chathair a chónóidh mé feasta', agus tháinig na frasa deor bréagach óna súile dubha lonracha.

Ach níor scar siad le chéile. Thréig an ceardaí an doire coille; thréig sé a sheanchomhluadar, na míolta beaga sciathánacha a thagadh ar cuairt chuige d'oíche; thréig sé aoibhneas na coille agus thriall siad beirt ar an gcathair.

Mo thrua an fear a bheireann na seacht ngrá do bhean!

V

Ach an saothar mór dar thug sé a chroí!

Lean sé den obair go maith, ach bhí an seanfhuinneamh imithe. Bhí an seansaol fágtha ina dhiaidh aige. Tháinig athrú mór air de réir a chéile i ngan fhios dó. Na seanghnása a chleacht sé sular scar sé leis an gcathair an chéad uair, thosaigh sé ar a gcleachtadh an athuair. An tseandúil a bhí aige i ngeasa an tsaoil, athbheodh í ... agus chuaigh an ceardaí i ndonacht in aghaidh an lae, má bhí meas mór ag an bpobal féin air.

Thug an rí cuairt eile air, ach níorbh é an fear céanna a bhí ann roimhe an uair sin is a bhí roimhe sa doire coille. Chuala sé go raibh an saothar mór dar thug sé a chroí i ndúil le bheith críochnaithe aige. Ní raibh ceardaí fágtha acu leis an teampall uasal a tógadh in onóir do Dhia an chogaidh a mhaisiú: an bhféadfadh seisean an saothar mór a bhí ar láimh aige féin a athrú ar an dóigh seo agus ar dhóigh eile? Fuair sé cairde trí lá le machnamh a dhéanamh ar an scéal, ach dá dhonacht dá raibh sé dhiúltódh sé dóibh aon athrú a dhéanamh ar a chuid oibre marach an bhean.

Ór le caitheamh a bhí uaithi siúd.

'Tá do shaothar go hálainn', ar sí, 'agus cá bhfaighfí áit níos oiriúnaí le saothar uasal dealbhóireachta a chur ná i dteampall mór i bpríomhchathair do thíre? Agus ní bheidh ort aon athrú a dhéanamh air ach athrú suarach . . .'

Níor thrácht sí ar an duais mhór a gheall an rí dó ar chor ar bith!

Ghéill an fear don bhean.

'Ní fios dúinne cé na coireanna millteacha eile a dhéanfadh a leithéid dá mbeadh clann air', arsan seanúdar Síneach agus gráin aige dó.

Críochnaíodh an saothar mór faoi dheireadh. Cuireadh ina sheasamh sa teampall é, ach ní raibh sé de chead ag aon neach dul ag féachaint air go nochtódh an rí é don tslua i dtosach.

Nuair a bhí an uile rud i gcóir, chuaigh an ceardaí isteach sa teampall ina aonar le dearcadh ar obair a lámh, leis an saothar mór dar thug sé a chroí tráth a mhionscrúdú. Bhí saothar a shaoil os a chomhair ansiúd, agus d'fhan sé ann i gcaitheamh na hoíche ag féachaint air agus ag machnamh air, agus ar a shaol. An ceapadh, an smaoineamh mór a tháinig ina cheann i dtosach sular thosaigh sé ar an obair ba léir dó nár éirigh leis an ceap sin a chur i ngníomh. Ba léir agus ba shoiléir dó sin. Loic sé. Cén fáth? Chuir sé a shaol de an athuair agus é leis féin sa teampall mór uasal. Gach smaoineamh dar tháinig ina cheann, gach dea-ghníomh agus gach drochghníomh dá ndearna sé ó thosaigh sé ar an obair, chuir sé trína chéile iad. Bhí an uaisleacht ann an uair sin, agus an óige; agus thuig sé go beacht cé mar a thráigh an uaisleacht uaidh agus cé mar a thuill an ísleacht; thuig sé cé mar a hathraíodh a shaothar de réir mar a hathraíodh a mheon agus a chroí agus a anam féin . . .

Ar maidin tháinig an rí agus a lucht comhairle. Tháinig rithe as tíortha i gcéin. Tháinig an pobal, gan ainm i mbéal aon droinge díobh ach ainm an cheardaí mhóir a bhí in ann an chloch fhuar a bheochan; ach nuair a bhain an rí an brat den saothar mór dealbhóireachta, ní dealbh cloiche a bhí le feiceáil ag na rithe ná ag an slua ach dealbh feola . . .

Bhí an ceardaí ina shuí ar chloch ann, agus an doilíos agus brón mór agus an briseadh croí le tabhairt faoi deara i ngach ball dá bhaill, i ngach cor dá chora; agus an saothar dar thug sé a chroí tráth, bhí sé ina smidiríní ina thimpeall . . .

Agus an bhean úd a mhill an saol agus an saothar air . . . ach sin scéal eile.